被隐藏的伤口

刘子君 / 著

台海出版社

图书在版编目（CIP）数据

被隐藏的伤口 / 刘子君著 . -- 北京：台海出版社，
2021.9
ISBN 978-7-5168-3120-5

Ⅰ.①被… Ⅱ.①刘… Ⅲ.①长篇小说－中国－当代
Ⅳ.① I247.5

中国版本图书馆 CIP 数据核字（2021）第 176365 号

被隐藏的伤口

著　　者：刘子君
出 版 人：蔡　旭
封面设计：晴海国际文化
责任编辑：王　艳
出版发行：台海出版社
地　　址：北京市东城区景山东街 20 号　邮政编码：100009
电　　话：010-64041652（发行，邮购）
传　　真：010-84045799（总编室）
网　　址：www.taimeng.org.cn/thcbs/default.htm
E－m a i l：thcbs@126.com

经　　销：全国各地新华书店
印　　刷：天津中印联印务有限公司
木书如有破损、缺页、装订错误，请与本社联系调换
开　　本：880 毫米×1230 毫米　　1/32
字　　数：159 千字　　　　　　印　张：7.25
版　　次：2021 年 9 月第 1 版　　印　次：2021 年 9 月第 1 次印刷
书　　号：ISBN 978-7-5168-3120-5
定　　价：49.00 元

目 录

随着真相被慢慢地揭开，
这一切果真没有那么简单。原
来被隐藏的伤口可以那么深，
而事实却如此嘲讽与不堪。

序 章

现在为大家播放一则新闻：北都的某家金融公司发生了一起案件，报案人是公司清洁工。今天上午 6 时，其发现金融公司总经理潘某吊死在公司的杂物室内。警方赶赴案发现场后，经过勘查，没有发现任何可疑人员以及有效线索，警方初步判定为自杀。相关人士如有线索可向警方提供，联系人 ××× 警官，联系电话 1375625×××……

新闻主播话音未落，躺在沙发上的蓝若竹思绪已飘到了多年前……

那个时候她还是个刚毕业的大学生，她心气儿一向很高，总觉得没有最好，只有更好，但看到周围的同学一个一个都进入好公司，而自己却找不到工作时，她越发显得焦灼不安。

蓝若竹是一个非常要强的女生，学习上，如果成绩不理想，她就会拼命学习，直到达到目标；生活中，能独立完成的事情绝对不需要其他人帮忙，而她最怕的就是别人和她说："不，你不行。"所以，她一直做的就是，向别人证明她肯定行。

蓝若竹如此的性格特征，究其原因，不仅是天性使然，更多的是因为她不得不这样。毕竟，谁不想在家里当小公主，什么都不用做，就可以被呵护、被疼爱呢？

　　很小的时候，蓝若竹的父母就闹离婚。父亲一直看不上她们娘俩，觉得女儿不够聪明，母亲没有能力。但是父亲并不想母亲去上班，因为如果母亲去上班了他就会失去控制权。全家的经济来源都是靠父亲的，母亲没有任何话语权，只要提出来相反的意见就会被骂一番。

　　蓝若竹从小就告诉自己，一定要出人头地，让父亲能够看得起自己，这样才不辜负母亲对自己的期望。她曾经因为这样的家庭模式非常难过，认为母亲总是絮絮叨叨的，但母亲却是最关心自己的。

　　蓝若竹上小学的时候成绩名列前茅，但是到了初中就下滑不少。蓝若竹偏文科，所以中考她想考取一所艺术高中，但最后硬是被父亲改成了市重点，从今以后人生便走上了不一样的道路。

　　在父亲看来，这是为了蓝若竹好，但其实他根本就不知道蓝若竹到底需要的是什么，只是把他认为好的强加给蓝若竹而已。每次成绩不理想，要不是有母亲的维护，蓝若竹就会被父亲打一顿。慢慢地，她丧失了对学习的兴趣，但又不得不强迫自己去学习。

　　令她印象最深的一次是，由于成绩不理想，被老师请了家长，而父亲不仅臭骂了她一顿，甚至不让她吃饭、睡觉，以此作为惩罚，因为这件事情母亲也受到了牵连。自此，蓝若竹就发誓，自己一定要考上名牌大学，要让父母以自己为傲，要不然很可能因为自己的不争气，父母就离婚了。

　　但事情并没有如她想象中的顺利发展，无论她怎样努力，怎样一次又一次地向父亲证明自己是有能力的，总是摆脱不掉父亲看不上自己的眼光，她只能自我安慰：也许，父亲只是方式用错了罢了。

　　大学毕业，因为找不到工作蓝若竹不敢回家，害怕父亲说三道四。直到母亲通过好友帮她联系到了浦升公司的总经理潘志之后，这一切才有了转机。

　　那天，她穿了一条白色的裙子，把头发扎成马尾，和母亲一起去了潘志家里做客。潘志是一个虽看起来严厉，但却十分慈爱的人。他向蓝若竹简单问了几句话，便让蓝若竹第二天拿着简历去公司面试。经过层层面试，蓝若竹最终被录取了，从实习生做起。

　　蓝若竹很欣赏潘志的才华和为人处世的风格。实习期间，虽然他的要求很严厉，但却对蓝若竹很细心，很多事情都手把手教她，遇到问题都会掰开揉碎地讲解，直到她彻底明白了为止，这让她有种被父亲疼爱的错觉，可他和自己的父亲却又如此不一样，他是那么温柔、那么亲切，给了蓝若竹一种在父亲身上从未体会过的被呵护与疼爱的感觉。

　　好在，蓝若竹没有辜负潘志的用心，由于各方面都很出色，两个月后便成为正式员工，但周围的人却觉得蓝若竹转正得太快、太顺利了，故而认为她走了后门。为了堵住别人的嘴，潘志对她的要求越发严格，除了让她多加班外，还让她每天早早到公司，业绩也必须排在公司的前三……蓝若竹对这些都欣然接受，因为她知道潘志是真心为自己好，而私下里，蓝若竹一直喊潘志为"师父"。

　　可即便如此，不少闲言碎语仍在同事间流传，不过蓝若竹并不在意，一笑置之，因为蓝若竹自己心里知道，光靠师父对自己的偏爱是不够的，毕竟自己在公司的业绩一直都不错，不管别人怎么说，成绩是不会骗人的。就这样，蓝若竹慢慢地升为部门经理。

其实，蓝若竹一直都有一个疑问——为什么师父会对自己那么好？可是由于各方面原因，她一直都没有找到机会去问他。

而如今，潘志猝不及防的离开让她再也不会有机会问了，这将成为她永久的遗憾了。

当得知警察初步排除了他杀的可能性时，蓝若竹一直不肯相信，因为在她的印象中，师父一直是一个乐观且有责任心的人，所以他不可能自杀。这背后一定有不为人知的秘密，但警察只相信证据与线索，单凭她的怀疑，警察无法妄下定论。目前案件还在侦查中。而蓝若竹则暗暗发誓，她一定要帮警察捉到凶手，不能让师父死不瞑目。

她自言自语道："如果有来生，我还愿意做师父的学徒，因为我蓝若竹有今天，全靠师父的提携。"

随着真相被慢慢地揭开，这一切果真没有那么简单。原来被隐藏的伤口可以那么深，而事实却如此嘲讽与不堪。

他的轻狂她无法改变，蓝若
竹也一直在自欺欺人，也许有一
天他会明白自己的爱，也会愿意
听她的话，早些回家多陪陪弟弟。
但她似乎渐渐明白，一切好似都
是苍白无力的，那么就只好把自
己的爱埋藏在深处。

第一章　开始

～～～～～～

　　"蓝若竹，你到底怎么了，为什么你会怀疑是我杀了潘志？我们都在一起这么久了，最起码的信任都没有吗？"张昊天对蓝若竹嘶吼道，"如果你真的怀疑我，你就去报警啊，用得着来问我吗？"接着"啪"一下，张昊天把自己喝水的玻璃杯往地上一砸，扬长而去。

　　张昊天是和同事蔡轩一起去抽烟了，他们两个在公司里的关系是最好的，大家也都知道他们俩是铁哥们，每天都是形影不离的。蔡轩长得挺帅，他的父亲是公司的大股东，是一个名副其实的富二代，但平时总是吊儿郎当的。他并不喜欢这份工作，也没有什么上进心，三天两头请假，不是去约会就是去网吧打游戏，不过他和张昊天的爱好还是蛮像的，两个人非常有共同语言。

　　蓝若竹看着张昊天离去的身影，只好蹲在地上，默默地把碎掉的玻璃捡了起来，一不小心，玻璃碴子划伤了蓝若竹的手指。

　　自从师父死了以后，蓝若竹和张昊天的感情就开始恶化。其实之前，他们的感情也并不是很好，三天两头冷战、吵架，至于他们为何还没有分手，双方都有着维持这段感情的理由罢了。

又到了夏天。蓝若竹觉得时间不过是一个轮回，很多事情都会停留在夏天，有愉快的事情，也有悲伤的事情。很多时候如果能够停留在过去也是美好的，虽然她也是磕磕绊绊地走过来的，但总归会有些美好的回忆。

蓝若竹和张昊天是在大学里相识相恋的，他们都是金融系学生。张昊天长得很帅气，一米八五左右的个子，瘦瘦的脸颊，单眼皮，高挺的鼻梁，厚厚的嘴唇，笑容格外灿烂，是学校里的校草，无论是老师还是周围的女同学好像都很喜欢他。

他们第一次见面的时候，是在篮球场，张昊天当时正在打篮球。他那帅气、阳光的模样，现在还令蓝若竹心动着……两人的学习成绩也都不错，在学校名列前茅。但不同的是，张昊天天生聪明，就算他每天去打游戏，还是可以考不错的成绩。但蓝若竹不同，她只有比别人付出更多的努力，才可以有比较理想的成绩。所以张昊天会嘲笑她又笨又呆。而蓝若竹却不以为然，对张昊天说："我这叫大智若愚，笨鸟先飞！"

张昊天是一个非常大男子主义的男生，在张昊天眼里，蓝若竹必须对自己百依百顺。蓝若竹虽然在其他方面都很要强，但对待感情，却和自己的母亲如出一辙。在蓝若竹看来，她爱他，如果只有这样才能维持两个人的关系，那么她愿意听之任之。所以，很多时候就算张昊天提出一些无理的要求，蓝若竹也会尽量去满足。蓝若竹害怕失去他。

在感情上如果双方一开始便不平等，而自己选择了妥协，那么时间久了就会把对方惯得越来越嚣张跋扈，而自己却卑微到尘埃里，蓝若竹便是如此。

有一次，张昊天因为在网吧打游戏一直没有吃饭，便让蓝若竹去肯德基给他买吃的。盛夏的夜晚，下着瓢泼大雨。蓝若竹撑着雨伞，好不容易从宿舍走到了肯德基，买好餐后却因没有公交车，她又走了一站地才把肯德基送到了张昊天的面前，全程她没有一句抱怨只担心自己送晚了让张昊天挨饿。而张昊天只是说了声"谢谢"，便继续打游戏了，没有再理蓝若竹。

那天过后，蓝若竹因为着凉发烧了，整整烧了一周。可张昊天仍然没有任何愧疚感，只是觉得是蓝若竹的身体太弱了。

蓝若竹总觉得只要自己多付出一些张昊天就会把自己铭记在心里，但是现实往往是可笑的，而爱情也不是谁付出的更多一些，就能得到相应的回报的。

真正让蓝若竹伤心的是，那次她去教室给张昊天送吃的，刚走到教室门口，就听到张昊天在和朋友聊天。

"你为什么选择和蓝若竹在一起？我觉得她也不算相貌出众啊，听说咱们班那个夏子涵挺喜欢你的。"

"哎，其实我有时候也想要不要分手。我只是觉得她就是我的用人，可以招之即来，挥之即去。最重要的是，她从来不翻我的手机，看见我和别的女孩聊天她也不会说什么。如果换作是别的女孩，可能会管得更多吧。"

听到这里，蓝若竹手里紧握的饭盒突然掉到了地上。

"谁？谁在外面？"教室里的张昊天听到东西掉落的声音，赶紧走到门口，却早已不见人影。

蓝若竹已经在张昊天出来之前跑走了，此时的她不知道如何面对张昊天，更不敢面对张昊天，尽管错的明明是他……

那一晚，蓝若竹哭了很久很久。她从来没有如此伤心过，就算是之前考试成绩不理想，或者是被父母训责，她都没有这种痛不欲生的感觉。

室友了解了事情的来龙去脉，心疼地说："这种渣男，你不分手，难道还留着过年？你自从跟他在一起以后，那个开心的你就不见了，你们在一起两天一小吵，三天一大吵，你一周哭一次都是少的。我真不知道张昊天除了那张还看得过去的脸，到底有什么好的……"

蓝若竹沉默了，一个人难过到天亮，勉强对室友挤出了一句："我只是太爱他了，一下子收不回来。"

这一切都不是蓝若竹想要的，包括这卑微的爱情。

但是她爱得太深了，又不舍得放手，只好一次又一次地委屈自己，让自己妥协，不看、不听、不说，当作什么都没发生，什么都不知道。蓝若竹觉得，如果可以这样过一辈子也是好的，起码可以守住自己的爱情。

想到这里，她便觉得什么都不怕了，一切都值得。蓝若竹打算把这些伤口都藏起来，包装好，不让任何人知道，包括自己心里最爱的张昊天。

就这样，张昊天和蓝若竹一直和平相处到毕业。毕业后，张昊天因为成绩优异，顺利进入浦升上班。而蓝若竹因为妈妈的帮助，也顺利进入浦升公司。就这样，两人从同学变成了同事，恋人关系也一直保持着。蓝若竹以为，两个人在一个单位，有利于感情的培养，关系会更加稳定一些，可她终究是想得太简单了。

他们的争吵不但没有停止，反而愈演愈烈。由于潘志对蓝若竹的格外照顾以及同事的风言风语，张昊天不再淡定，他觉得自己的"所属物"被占有了，他不敢对潘志有逾越之举，只能把所有情绪都发泄在蓝若竹身上，尽管蓝若竹一再解释她和潘志只是单纯的上下属关系。

"难道只许州官放火，不许百姓点灯吗？"蓝若竹很生气地说，"你手机里那些暧昧对象，为什么不删掉？不删掉也就算了，你为什么还要误会我？"

"你……你居然偷看我手机。"张昊天非但没有感到丝毫愧疚反而大言不惭道，"你就是我的女人，无论我对你如何，都不许别人占有你。"

也对，张昊天就是这样固执而霸道的人，无论什么时候都是这样。

"好，好。我们不吵了好吗？以后我会和他保持距离。"蓝若竹这一次同样是选择了妥协，因为她知道，如果自己坚持和他理论、争吵，那么换来的就是辱骂和喋喋不休，又有什么意义呢？毕竟自己还爱他。这是他们因为潘志的第无数次争吵。

而蓝若竹之所以怀疑张昊天与潘志的意外之死有关，就是因为张昊天的态度。自打潘志死后，张昊天的喜悦之情溢于言表。这在蓝若竹看来，格外刺眼与讽刺。她怎么也想不到人心居然可以如此深不可测。

蓝若竹知道，自己没有任何证据就这样贸然质问张昊天，肯定会激怒他，而他们两人之间也肯定会因此再次产生隔膜，但为了师父，她还是忍不住问了。

听到他们在办公室吵架的王昕走了进来，对蓝若竹说："若竹啊，你们怎么又吵架了？这次又是因为什么呢？"王昕是蓝若竹的同事，在公司里，与蓝若竹关系最要好的就是王昕了。

王昕长得很漂亮，一头黑发，睫毛长长的，眼睛细长，鼻梁很翘，嘴巴长得很性感；她的皮肤虽然并不算特别白，但身材很好，所以她的异性缘一直很好。平时不上班的时候，她就把头发放下来，回头率非常高。王昕的性格要比蓝若竹外向很多，她一直都很有主见和个性，甚至有时候会有些跋扈，但这在蓝若竹看来还是挺可爱的，因为蓝若竹觉得她至少敢恨敢爱。只要是王昕喜欢的、想要的，她就会主动去争取，不会给任何人机会。

"没什么，还是老问题。"蓝若竹也不愿意说太多，毕竟是自己的私事。

"哦，对了，咱们公司新来个实习生，你知不知道，你前几天刚从外面学习回来，估计也没注意到他。他性格很内向，但平易近人，什么事情都可以交给他做，包括端茶倒水，你可以随便使唤。"王昕对蓝若竹说，"他叫倪恒书，我们都直接叫他'倪'，以后你也可以这样叫他。"

是的，就在潘志死亡的前几天，蓝若竹刚刚从外地回来。因为之前潘志告诉蓝若竹多参加一些培训对以后的晋升有帮助，所以她从不放过任何学习的机会。

蓝若竹不在的这段日子里，她听其他同事说王昕经常和张昊天一起去吃饭，两个人的关系貌似非常不错，甚至有些亲密，所以让她多加注意。

不知是蓝若竹的错觉还是事实，蓝若竹总觉得回到公司以后在他们之间自己反而像个电灯泡似的。如果说王昕是火，那么自己就是水。现在的她好像和他们有些格格不入。

"这样不好吧……人家是有名字的，直接叫'你'感觉很不礼貌。"蓝若竹摇了摇脑袋，对这样的做法表示不赞同。

"有什么不好的，大家都这样叫，人家倪恒书也没说不愿意啊。"王昕摆了摆手，感觉蓝若竹瞎操心。

王昕话音刚落，倪恒书便着急忙慌地跑了过来，递给王昕一杯咖啡，说："姐，这是你要的咖啡。"而他的手里还提着另外一杯咖啡。

"哦，好，我这里还有一些资料没整理好，都给你吧。"王昕对倪恒书说。而接下来发生的一幕，是蓝若竹和倪恒书都没想到的，那些本来要递给倪恒书的资料撒了一地，只见王昕抱歉地说："哦……对不起呀，我没拿住，你自己捡一下吧。"而熟悉王昕的蓝若竹不得不怀疑她是故意为之。

倪恒书见状，只好把咖啡放在桌子上，然后蹲下开始捡资料。或许别人会和王昕理论上几句，但是他没有。蓝若竹从一开始便盯着这个男生看，只见他高高的个子，戴着眼镜，虽长相普通，但皮肤白皙……看着看着，她突然觉得这个男生好眼熟，好像在哪里见过，但她却怎么也想不起来，只是觉得他陌生又熟悉。

"你……你是新来的那个实习生吗？我们是不是在哪里见过？"蓝若竹试探性地问他。

"嗯……可能是吧……"倪恒书一边收拾着资料一边回答蓝若竹，但却不敢看她的眼睛。

"那我以后叫你恒书吧。"蓝若竹小心翼翼地对他说，并弯下腰帮倪恒书一起捡资料。

倪恒书没想到蓝若竹会帮自己捡资料，显得不好意思又局促不安，"谢谢你，没事的，我自己来就行。"收拾完资料以后他便提着另外一杯咖啡走出了办公室。

哎，这个人真是奇怪，很不爱说话，甚至比自己还要内向。蓝若竹这样想着，看了一下时间，快一点半了，想着张昊天也应该快回来了，便坐在公司门口等他。

果然，不一会儿，张昊天便和蔡轩一起走了回来。张昊天手插着兜，对蓝若竹视若无睹。蓝若竹见状，只好对他语气缓和地说："对不起……是我错了，可能是我想太多了，我不该怀疑你。"

"哦，随便你吧。"张昊天还是气不打一处来，并不打算给蓝若竹任何好脸色。蓝若竹也并不打算就此放弃，想要继续说些什么，但还没等她开口，张昊天继续道，"蓝若竹，你还有什么事儿吗？别挡路，我要去收拾一下开始工作了。"蓝若竹听到张昊天连名带姓地叫自己，不禁有些委屈地拉住张昊天的衣角，试图让他不要这么冷漠。

张昊天也许是心软了，也许只是为了继续使唤蓝若竹，选择不再计较，说："对了，你今天下班去我家照顾一下我弟弟，这两天我比较忙，你也知道我爸妈从来都不管我们哥俩的。"

"好……我去给他做饭吃。"蓝若竹一口答应，她摸着刚刚被碎玻璃划伤了的手指，还有轻微疼痛的感觉，但张昊天却丝毫没有察觉到她受伤了。

张昊天的弟弟张昊飞只比张昊天小一岁多，但因为得了抑郁症，完全没有生活自理能力。虽然也一直在积极治疗，但症状不仅没有减轻反而越来越严重了，目前也没有找到其他更好的办法，张昊天只能让他在家休息。

张昊飞的抑郁症是高中时患上的，当时他遭受过校园欺凌事件。自那以后张昊飞不仅得了抑郁症，还患有幽闭空间恐惧症。这些是张昊天和蓝若竹刚在一起时告诉蓝若竹的。当时蓝若竹就气愤道："当时没有追究那些加害者的责任吗？"张昊天只是说："我曾经也很愤怒，也追究过责任，但是学校认为仅仅是孩子间的恶作剧，而且他们说参与的孩子很多，找不到主要责任人，所以只能对所有的犯错学生批评教育了。"

的确，当时人们确实不把学校霸凌当成严肃问题来对待，但这也的确给受害者造成了不可弥补的伤害。对于那些霸凌者来讲，可能只是觉得"很好玩"，可对于张昊飞来说，心灵上的伤害是这辈子都无法抹去的。那些霸凌者不仅仅伤害了当年的他，甚至影响了他整个人生，致使他至今都很怕黑，还非常害怕陌生人，不愿意和周围的人说话，包括他最亲近的哥哥张昊天。不过，他是比较喜欢蓝若竹的，见到蓝若竹总会说姐姐好，而且还总是跟在蓝若竹屁股后面，让蓝若竹给他做喜欢吃的菜。

而蓝若竹就像他们兄弟俩免费的保姆，只要张昊天忙的时候就要回去给张昊飞做饭，而且每周都要给他们家打扫卫生。蓝若竹觉得也许是自己上辈子欠了他们哥俩的，这辈子来还债的。不过张昊天和张昊飞都是可怜人，他们的妈妈也很久没有回来过了，根本联系不到。而对于爸爸，他们更是避而不谈。

每当蓝若竹想问之前究竟发生了什么时，张昊天就马上暴怒起来，对蓝若竹吼道："我都说了你别问了，你是不是有毛病？"

到了五点，蓝若竹准时下班，就直奔张昊天家。去之前蓝若竹象征性地问了一下张昊天："你要和我一起回去吗？"

张昊天拒绝道："不了，我可能要晚一些，今天有哥们约我出去打台球。"说完头也不回地离开了。蓝若竹无奈地摇摇头。

蓝若竹如约到张昊天家时，却发现地上到处都是碎玻璃碴子，衣服也都被丢弃到了地上，乱糟糟的一片，仿佛遭了洗劫一般。不知道发生什么的她，慌忙呼喊张昊飞的名字，但是无人应答。

经过仔细查找后，蓝若竹才发现张昊飞正躲在餐厅的桌子底下瑟瑟发抖，抱着脑袋念念有词道："别……你们别过来。"

"你没事吧，昊飞，姐姐来了，你快从桌子下出来吧。"蓝若竹想要伸手够到张昊飞。

"你是谁？我好害怕，你走开！"张昊飞抱着脑袋对蓝若竹吼道。

"是我啊，我是若竹。"蓝若竹安慰着张昊飞，试图劝他从桌子底下出来。

"是若竹姐姐，你终于来了，我好怕啊。"

"你先出来，姐姐帮你收拾房间，然后给你做饭吃。"蓝若竹耐心地对张昊飞说，然后像哄孩子一样想让他从桌子底下出来。

张昊飞很听话地从桌子底下爬了出来，然后钻进了蓝若竹的怀里，对她说："姐姐……你说那些坏人会不会来找我，我很害怕，他们总是追着我，我不知道能不能甩掉他们。"

"哪些坏人啊？你说什么呢？不要害怕啦，姐姐在呢。"蓝若竹摸着张昊飞的头发，温柔地对他安抚道，"都过去了，以后怕黑就把灯打开，尤其是自己一个人在家的时候，你不是有姐姐和哥哥的电话吗，实在害怕就打电话给我们。"

"我是想的，可我害怕影响你们工作。"张昊飞嘟着嘴对蓝若竹撒娇道。

蓝若竹让张昊飞坐在沙发上，乖乖地等她去做饭。

张昊飞很乖巧地点头，对蓝若竹说："姐姐，我哥哥呢？"

蓝若竹愣住了，只好勉强挤出一丝笑容对他说："你哥哥今天有点忙，会晚点回来陪你。"

收拾好房间，做完饭，蓝若竹便离开了他们家。离开之前看了一下表，八点多，也不知道张昊天什么时候才会回家。也许一年前蓝若竹还会因此担心和生气，甚至和张昊天吵架，但现在的她已经麻木了，觉得就算吵架也是没有结果的，不如就随便他吧。

反正他的轻狂她无法改变，蓝若竹也一直在自欺欺人，也许有一天他会明白自己的爱，也会愿意听她的话，早些回家多陪陪弟弟。但她似乎渐渐明白，一切都是苍白无力的，那么就只好把自己的爱埋藏在深处。

回到家里，蓝若竹看见妈妈给自己热了杯牛奶，放在桌子上。而爸爸正坐在沙发上看报纸，看见蓝若竹回家便又责怪道："你怎么又回来这么晚？"

蓝若竹也不好意思对爸爸说自己跑去给人家"当保姆"了，只好说："今天公司加班。"

爸爸回答了一句"哦"，便让她早些休息。

蓝若竹拿着牛奶回到了自己的房间，躺在床上。

这一天天的，真的很累……

她又开始怀念潘志在的日子，那时，无论大事小事蓝若竹都可以对他诉说，仿佛这个世界上唯一懂自己的人就是他了，能够给自己安慰的人也就只有他了。

自从潘志死了以后，蓝若竹感觉自己和张昊天的关系每天都在恶化，之前张昊天还会给自己发"早安"或者是"晚安"，现在连这些都不会了。到了公司后他们不打任何招呼就各自开始工作，张昊天和别人有说有笑的，见到蓝若竹便板着一张脸，好像怕蓝若竹再问自己什么似的。到底他的心里在想什么？为什么这样讨厌自己？蓝若竹不解。

也许真的是自己多疑了，蓝若竹拍了拍自己的脑袋，她不停地让自己不要再多想了，并想着过两天有时间再和他道个歉，两人的关系也许会缓和一些。

她已经失去了师父，不想再失去男朋友了。

第二天一下班，蓝若竹就拿着自己做好的点心递给张昊天。

张昊天看了看蓝若竹手里的东西并没有接，而是直接推开了，而后说："我们分手吧。"

蓝若竹刚开始愣住了，没想到他居然这么决绝。虽然她知道以张昊天的脾气没那么好哄，但是仍然相信只要自己对他多付出一些，以后不再说一些怀疑他的话，他们终究会和好的。但她怎么也没想到，他这次会说出"分手"二字，她的心脏感到剧烈的疼痛。

见蓝若竹没有说话，只是直勾勾地望着他，张昊天继续说："我觉得可能我们真的不合适……分手也许是最好的结局，否则以后可能连朋友都做不了了。"

蓝若竹的泪水已经在眼眶里打转了，"我不想和你做朋友，我只是想知道我到底哪里做得不好……如果是因为我纠结潘总的死因，那么对不起……我给你道歉，你别离开我。"蓝若竹再次拉住了张昊天的衣角，有些泣不成声地说。

"若竹……不是你不好，你很好，是我不喜欢你了，没有别的原因。"

……

蓝若竹没有再说话，因为她不知道自己该说什么好，也许说什么都是苍白无力的，只是她怎么也没想到，这些年的付出，等来的不过是一句分手，还有发给她的好人卡。

"不过……我希望你可以继续照顾我弟弟，好吗？就看在我们好了这么久的分上……"张昊天见蓝若竹沉默，继续恬不知耻地提出要求，因为他知道蓝若竹不会拒绝他的，因为这些年她从来没有拒绝过他。

"……好。"蓝若竹勉强从口中挤出了一个字，接着便拿着自己的包离开了。

晚上蓝若竹没有回家，而是去了酒吧，她想把自己灌醉，让自己麻木，因为她没有办法接受这个结局，她爱得太深，所以陷入了这个爱情的沼泽很难放手。

但也许这并不是爱情，只是她单方面的付出而已。就像张昊天曾经对他的哥们说的，她不过是他的"用人"。只是，她以为时间与包容会让他改变，但她彻底错了，自己只不过是跳梁小丑罢了。

当她正沉浸在悲伤的回忆里时，突然听见临桌有一个很熟悉的声音："他终于死了……这些年你们说我容易吗？我长这么大，做什么事情都很努力，在学校的时候每次考试我都拿第一，老师都喜欢我，同学都仰慕我，但是只有他一个人看不上我……"

蓝若竹环顾了一下四围，发现同事郑凯歌正在不远处和其他人一起喝酒，当然他并没有看见蓝若竹。

郑凯歌是一个相貌平平的男孩，眼睛不大，鼻梁有些塌，身高也并不高，但是成绩一直很优异，是名牌大学毕业的。他家里条件一般般，他曾和蓝若竹说过自己家里还有个哥哥，现在在政府部门工作，要比他优秀很多，所以父亲一直很看不上他。这让蓝若竹想到了自己的父亲，所以有时候蓝若竹觉得他和自己有些同病相怜。所以，郑凯歌是除了王昕之外唯一和蓝若竹比较要好的同事了，他虽然入职才一年，但能力很强，已经做到了和蓝若竹一样的位置上。

他和蓝若竹的性格一样，很要强，做什么事情都要做到最好，非常努力，生怕别人看不起自己，每次在公司加班的人总有他，他每天都是最晚离开的。

蓝若竹怕郑凯歌看见自己在借酒浇愁，便结了账离开了酒吧。一个人颤颤巍巍地走在街上，因为快到秋天了，有一点冷，风吹透了蓝若竹的衣裳，她摸着自己的胳膊，有些发抖。

她走到街边，突然觉得有些恶心，便开始扶着墙吐了起来。其实蓝若竹很少喝酒，因为她真的是个乖乖女，所以稍微喝了一些便不行了。她很害怕回到家被爸爸骂，只好给王昕打电话，说自己喝醉了，能不能借宿一晚。

王昕支支吾吾地说："我现在不太方便……若竹啊，咱们要么改天吧，反正今天就是不行。"说完便马上把电话挂掉了。

蓝若竹在电话里面仿佛听到了一个男人的声音，但也没有太在意，毕竟自己现在的处境并没有心思去关心其他人。可除了王昕她想不起还有谁能收留自己，一时间她又哭了起来，感觉自己好像被全世界抛弃了一般。

无奈之下，蓝若竹只好回公司，她现在唯一能想到的便是公司。作为公司部门经理，她拿有一把钥匙。她只希望第二天自己身上的酒味不要太重，要是被客户投诉就麻烦了。

第二天早上，最先来到公司的是倪恒书。他看到工位上的蓝若竹正在闭目，没好意思打扰她，而是悄悄地从她身边把需要用的文件夹拿走。因为蓝若竹只是闭目养神，所以还是能感觉到身

　　　　　被隐藏的伤口

边有人，于是便揉了一下自己惺忪的双眼。

"呃……是你啊恒书，不好意思，我昨天没睡好……"蓝若竹打了个哈气，接着伸了个懒腰。

倪恒书看了一眼蓝若竹，便很奇怪地问她："你昨天没睡觉吗？怎么看起来这么疲惫？"

"我昨天晚上喝多了，没地方去，就来公司借宿了。"蓝若竹无精打采地对他说。

倪恒书仔细一看，蓝若竹的脸红红的，有种发烧的迹象，于是想都没想，手就要去摸蓝若竹，同时问："你是不是发烧了？我看你状态不是很好，你要不然回家休息一下……"

蓝若竹下意识地躲开了，接着摸了摸自己的额头，果真有些烫，怪不得她觉得浑身没有力气。但即使这样她也丝毫没有请假的想法，一是她怕被扣工资，二是怕影响年终奖，所以她决定硬着头皮坚持把班上下去，于是说："没事，不用，一会儿吃点药就好了。"

倪恒书从自己的办公桌里掏出一盒退烧药，递给蓝若竹，"你吃点药，记得晚上去医院。"

蓝若竹有些受宠若惊，她一直以为倪恒书是那种不会关心人，而且非常低调，不爱交朋友的类型，没想到他会主动关心自己。

"你不用惊讶，我只是害怕你发烧了影响业绩。"倪恒书撂下这句话便离开了。

蓝若竹盯着感冒药看了很久，好像自从师父死后，除了妈妈就没有人关心过她，所以听到倪恒书的关心，她多少还是有些感动的。

吃了药以后，蓝若竹依然觉得不是很舒服。她无精打采地趴在桌子上，大概过了半个小时，来公司里的客户陆陆续续地多了起来，所有人都开始忙碌。见此，蓝若竹也只好勉强地支撑着身体，接待客户。

"你要不要休息一下？我看你的黑眼圈很重，再继续下去可能会体力透支啊！"倪恒书站在蓝若竹的身边，对她小声地说。

"没事……我还能挺得住。"蓝若竹只能怪自己昨天喝太多了，致使状态这么差。

此刻张昊天路过蓝若竹的身边，看了一眼她，接着捂住了自己的鼻子，说："你怎么酒气这么重？你这样会熏到客人的，还是请假比较好。"

"我……"蓝若竹实在不知道该说些什么，只是觉得自己被侮辱了。原来在张昊天心里，自己确实还不如工作来得重要，他完全不关心她开不开心、健不健康、心情如何、为什么去喝酒……憋了半天，蓝若竹却说出了"好"字。

所以蓝若竹还没等下班便离开公司，去了医院，蓝若竹挂了一个急诊，想着直接打点滴，让自己好得更快一些，可检查做完后，点滴还没打上，医生就告诉她……她怀孕了。

"怀孕了……这怎么可能？"蓝若竹有些不可思议，因为她和张昊天一直都有做措施的。她一时不知该怎么办，毕竟两人已经分手了。但转念一想，或许这是唯一可以和张昊天和好的机会。

现在的蓝若竹有些兴奋又有些担忧。她不知道这个孩子来的到底是不是时候，也不知道张昊天会不会因为这个孩子而回头，还是会逼她打掉这个孩子。

没错，现在的她，还在幻想有一天张昊天可以娶自己。

正当蓝若竹苦恼该如何告诉张昊天这个事情的时候，她的手机铃声响了，定睛一看，竟然是张昊天的来电。

"蓝若竹，你现在在哪里？我弟弟在家里没有人给他做饭吃，我这里有事情，你快去，我先挂了。"还没等蓝若竹开口，张昊天就像是分配任务一样说了一连串，而后直接挂了电话……

她听到电话挂断的声音，始终张着的嘴最终还是选择合上了。

蓝若竹觉得这件事情始终是要告诉他的，但是应该找个合适的时机，所以她也没再拨通张昊天的电话，而是拖着疲惫的身躯来到了张昊天家。

张昊飞正看电视，看见蓝若竹进了家门，便很热情地走到蓝若竹跟前说："姐姐，你来了，我好饿啊，今天你会做些什么给我呢？姐姐做的饭就是好吃，哥哥就没有姐姐的厨艺那么好。"

蓝若竹见张昊飞期待的样子，说："我现在就给你做，等一会儿就好哦。今天姐姐给你做糖醋排骨、西红柿炒鸡蛋……"

就在蓝若竹在厨房收拾的时候，张昊飞突然问："姐姐，你什么时候和我哥哥结婚啊？我很喜欢你，也很喜欢你做的饭，要是没有你陪着我，我会觉得很寂寞的。"

蓝若竹愣住了，说实话，她听到这些话还是很感动的，所以便和张昊飞说："昊飞，你知道吗？我怀孕了，你有侄儿了。可是……我不知道你的哥哥会不会接受他。"

"真的吗姐姐，太好了！"张昊飞听到这个消息很兴奋，然后激动地跳了起来，拍着手说，"我很喜欢小孩子，我希望能快点见到他……"

离开张昊飞家，蓝若竹回到了自己家里，一开门便看到母亲在等着她回来。

"若竹，你回来啦，昨天你没回来妈妈好担心你，你没事吧？"

妈妈拉着蓝若竹的手对她说，"你和昊天最近怎么样了？你都快26岁了，有没有考虑结婚啊？"

"呃……妈妈，我今天发烧了，不是很舒服，刚去医院打点滴了，我想洗个澡然后就睡觉了。"蓝若竹很刻意地回避这个问题，害怕妈妈失望，但是也不敢给她确定的答复。

"你爸和我都希望你赶紧嫁人，你也老大不小了，总是待在家里也不合适……"妈妈又开始碎碎念了。

"妈，你什么意思啊，你们是嫌弃我吗？"蓝若竹本来心里就有些乱，听到妈妈这样说，敏感的她接着又说，"我现在嫁人了你们是不是就轻松了，以后不用给我做饭吃了？"

"算了，我也不说了，你好好考虑一下吧，还有你啊，别总是这么敏感，我们真的没有恶意。"妈妈没有继续和蓝若竹讨论这个问题，"我给你再拿点药，你吃完后赶紧睡觉，不行就请个假，休息几天，不要太拼命了。"

"不行啊，我得继续上班，如果不努力我的位置就要被别人占了。"

妈妈知道自己女儿的性子，依旧是这么要强，所以也不再说些什么。

第二天刚到公司，蓝若竹就见同事们在窃窃私语，可自己一走近，同事们就很有默契地保持了沉默，而且她总觉得同事们看自己的眼光有些异样。

蓝若竹问大家发生了什么，大家都躲闪着目光，说："没什么没什么……"然后就都散开了。

而就在蓝若竹疑惑之时，蔡轩走出来对蓝若竹说："潘总有些遗物还在办公室没有整理，他生前和你关系最好，你去整理一下，然后送到他家里去。"蔡轩说完转头就对倪恒书说，"你过来……我这里有些事情要你来做。"

倪恒书听到以后立马说"好的"，然后随着蔡轩一起离开了。

蓝若竹点了点头，深吸了一口气便走进了潘志的办公室。这几天，她一直没有勇气走进这间办公室，一是仍然不相信潘志已经离开，二是怕自己睹物思人。

收拾好心情，蓝若竹开始一件件整理潘志的遗物，而潘志与自己的回忆也一幕幕出现在眼前，可能太过专注，以至于其中一个文件夹掉到了地上。当她缓过神来准备整理好掉落的文件夹时，却有了一个惊人发现——文件夹里居然夹了一份辞退信。蓝若竹很好奇地打开，发现这封辞退信是潘志写给蔡轩的。

蓝若竹知道潘志一直看不惯蔡轩的行事作风，曾对自己说过，他作为一名总经理，不能留这样的人祸乱公司，否则大家都像他一样，那这个公司早晚要倒闭，这是他应该尽的义务。或许这一切都与这封辞退信有关？蓝若竹想到这里便决定要去潘志家里向其家人问问，看看他们是否知道一些别的线索。

还没等下班，蓝若竹便抱着潘志的遗物直奔他的家里。

去之前，蓝若竹给张昊天发了短信，告诉他今天自己有事情没有办法照顾昊飞了，让他自己想办法。张昊天还很生气地给蓝若竹打了很多个电话，蓝若竹都选择视而不见。

哎，明明是他说的分手，为什么自己还摆脱不了被使唤的命运。

潘志的家是一个小院子，里面养了很多植物，虽然不大，但是看起来很温馨。之前蓝若竹也去过他的家里做客，潘志的妻子和儿子都对她很亲切。

蓝若竹敲了敲门，不一会儿潘夫人便来开门了。蓝若竹立马鞠了个躬说："师母好，不好意思，打扰您了，我把师父在公司的遗物收拾了收拾，给您送过来，请节哀顺变。"

潘夫人整个人看起来都很憔悴，两个黑眼圈更是清晰可见，可能是很多天都没有睡好觉的原因。潘夫人看见来人是蓝若竹后很欣慰地抱了抱她，然后让她赶紧进屋坐。

蓝若竹把遗物全部交给了潘夫人，还把自己特意买的水果递给她，"师母，这是我的一点点心意。师父的事情我也很难过，但我一直都觉得他是不可能自杀的。不过我相信，总有一天会真相大白的，也请您多多保重。"

潘夫人还没开口便开始流泪，险些泣不成声，"哎，我觉得我老公那个人挺乐观的，是不会做出自杀这种事情的，他那个人一向很直白，有一说一，不会把任何事情放在心里，所以他的事情我都知道，也不存在抑郁症的倾向。我把所有的细节都和警察说了，他们也说会尽快调查的，只是到现在还没有什么线索……哦对了，你看看这个。"师母说完从抽屉里找出了一个信封递给蓝若竹，"这个是我今天刚发现的，还没来得及交给警方，我看了一下，这应该是一封恐吓信，你打开看看。"

蓝若竹接过信封打开看了看，发现这确实是一封恐吓信，信上的内容是：潘志我知道你最近看我不顺眼，想要我离职。不过我告诉你，就凭你根本别想动我。如果你敢的话，就等着自讨苦吃吧。

这难道真的和自己发现的那封辞退信有关系？难道因为这个事情，蔡轩想要杀掉潘志？一连串的疑问再次袭击蓝若竹的大脑。可冷静下来，她摇了摇头，她觉得蔡轩应该没有那么大的杀人动机，毕竟他爸爸是公司的大股东，而且他并不是很喜欢这份工作，故而他不值得为一份工作去杀人，所以这封恐吓信是否出自蔡轩之手还有待查证。于是蓝若竹决定先把恐吓信拿回去，和蔡轩的笔迹对比一下。没错，蓝若竹想要自己查，她并不打算把线索交给警察，因为她怕打草惊蛇，她想要等自己查出些眉目来再寻求警察帮忙。

蓝若竹走之前向师母保证，自己绝对不会丢失恐吓信，并希望师母能相信她，等时机成熟时再把恐吓信交给警察。潘夫人对蓝若竹一直都很喜欢、信任，所以这次也一如既往地相信她。

蓝若竹回来的时候刚好赶上下班点，她刚走到公司门口，突然听见了张昊天和王昕的声音，于是蓝若竹便躲到了一个拐角处。

只见张昊天拉着王昕的手对她说："宝贝，我今天晚上不能陪你了，蓝若竹这个女人不知道去哪里了，说好帮我照顾弟弟的，她实在是太不靠谱了，所以我必须现在回家给他做饭。"

王昕对张昊天撒娇道："哎哟，弟弟还是比女朋友重要，我们才刚在一起几天啊。蓝若竹这个人也真是，答应的事情也不办好了，还要来麻烦你。"

"没事的宝贝，到时候我让她多来照顾我弟弟就好了，那样我就可以每天陪着你了，反正她也很听我的话。"张昊天摸了摸王昕的头，便和她说了拜拜，然后自己打车离开了。

张昊天刚走，蔡轩就走了出来，看见王昕一个人便问："你今天晚上去哪里啊，不和昊天一起吗？还是晚上和我去玩？"

王昕斜着瞄了一眼蔡轩，思考了一下，紧接着就拿出手机准备打电话，并和蔡轩说："晚点再说吧，我先回家了。"

看到这一幕，蓝若竹是崩溃的。这些年她从未见过张昊天如此温柔。她也万万没有想到自己的朋友居然和自己最爱的男人在一起了，而且周围的人好像都知道这件事情，唯独她不知道，全世界都把她当作傻子一样对待，她还傻傻地以为自己怀孕了还有挽回张昊天的余地。

她突然意识到，自己找王昕借宿的那晚，听到的声音就是张昊天的，所以王昕才那么坚定地拒绝自己。

尽管伤心，但蓝若竹还记得此行的目的，她强忍着心里的痛，静静地等着公司的人全部离开。不知等了多长时间，公司的大门终于锁上了。而后蓝若竹打开了公司的门，来到蔡轩的工位上，翻到了蔡轩之前写的报告书，然后从书包里拿出师母给的恐吓信放在一起进行对比……

很明显，笔迹出自一人之手……

潘志是不是蔡轩杀害的，蓝若竹不敢妄下结论，但可以确定的是，蔡轩确实威胁了潘志。蓝若竹再也压抑不住自己的情绪，拨通了蔡轩的电话，想要找他问个究竟。

电话拨通之后，对面传来了蔡轩很慵懒的声音："蓝若竹，你这么晚给我打电话，是发生了什么吗？"

蓝若竹组织好语言，开门见山地对蔡轩说："我想问你个事儿，潘总的死和你有关吗？我看到了你给潘总写的恐吓信。"

"蓝若竹你神经病吧！先是怀疑张昊天，现在又开始怀疑我，你是有什么证据吗？就这样质疑我。"蔡轩很气愤地说。

"潘总夫人给了我一封恐吓信，上面的字迹就是你的，我想知道你到底为什么要给潘总写恐吓信，难道是因为他想要开除你？"蓝若竹不依不饶地继续问，她今天一定要问个明白。

"潘志要开除我？简直是笑话，他敢吗？再说他能吗？我爸爸动一动手指，他就得比我先离职，我用得着威胁他？别开玩笑了，你要没事我先挂了。"蔡轩说完话"啪"的一声把电话挂掉了，还没等蓝若竹说下一句。

这个蔡轩，果然是仗势欺人。蓝若竹感觉这次也白问了。不过蓝若竹也不怕得罪他，如果可以帮潘志查出真相的话，自己就算被开除了也是值得的。不过，蔡轩说的话也有几分道理，他犯不着因为一封辞退信而杀人，也许其中还有别的秘密没有被揭开。

做完这些事情，蓝若竹最终还是没忍住，坐在办公室里痛哭了起来。此刻的她只觉得百感交集和天旋地转。而让蓝若竹感到更加讽刺的是，之前同事还提醒过她，只是她没当回事，她真的觉得自己太愚蠢了……

不知哭了多久，蓝若竹终于平静了下来，她不再对张昊天抱有任何幻想了，但她也并不打算揭穿这一切，决定让他们继续在自己面前演戏，自己权当看好戏了。可是当想到张昊飞时，她还是有些不忍，毕竟昊飞是无辜的，而且自己和他相处这么多年也是有感情的，所以想了想，她还是打算继续照顾张昊飞，只是时间由自己来定。

就这样，蓝若竹离开了公司。刚走出公司大门没多远，不知是由于光线太暗，还是心不在焉，她突然被绊了一下，摔倒在地。她只觉得肚子一阵疼痛，仿佛有很多根针在扎自己的肚子一样，痛不欲生。她来不及思考，赶紧拨打了120。

……

……

就这样，蓝若竹失去了自己的孩子。尽管伤心，但她觉得这或许是天意，彻底切断了她和张昊天的唯一纽带。

为了不让父母发现异常，蓝若竹决定住两天院，并给母亲打电话说自己临时去外地出差，走得匆忙，就不回家收拾东西了。而公司那边则请了两天假。

出院那天，当走到医院一层的时候，她突然看见倪恒书迎面走来。倪恒书也很惊讶碰到蓝若竹，他上下打量了一下，见蓝若竹非常憔悴，还捂着肚子，于是连忙上前扶住她，问："你……没事吧？用不用我送你回家？"

"没……没事，我自己能行的。"蓝若竹吐出了几句话，觉得口干舌燥，"你怎么在这里……"

"我过来给我妈妈开药的。你这样不行，还是我打车送你回家吧。"蓝若竹本来打算拒绝的，但是不容她分说，倪恒书便扶着她，把她送上了出租车。

"你……你为什么自己一个人？"倪恒书害怕自己打扰到蓝若竹休息，就试探性地问了一句。

"我不想让别人知道。"蓝若竹睁开眼睛，看了看窗外，叹了口气，"我真的……好难过，我好恨……恨……"

"那……他知道吗？"想必倪恒书猜到究竟发生了什么，只是害怕说出来会让蓝若竹尴尬。

"他不知道，我不想他知道，请你也不要告诉他，今天你看到的一切就当作从未发生过，算我求你了。"

"好，我不说。"

回到家以后，蓝若竹很快就睡着了，这两天她一直都感觉很疲惫。

这两天蓝若竹总是会梦到潘志，每次潘志都会抓住她的手不放，眼睛凸出，有些狰狞地对蓝若竹说："若竹，若竹……你在干吗……你快来救救我……"

每次梦到潘志之后，蓝若竹都会被惊醒，然后就睡不着了。

第二天，蓝若竹强撑着身体去上班了，刚到公司，便看到了郑凯歌。

蓝若竹打招呼道："你真的好勤奋呀，又是第一个到公司的。"

郑凯歌笑着对她说："没办法啊，早起的鸟儿有虫吃，你也知道我一直都很努力，我就是想证明给别人看。不过，你也很努力，我们彼此彼此！哦……对了，"郑凯歌拿出一份文件给蓝若竹看，"你看这个，是潘总去世以后，上面发来的通知，说最近这一个月会任命新的总经理。"

蓝若竹看了一下文件，对于新总经理的任职要求只有两点任命——既要业绩好，又要有领导能力，工作年限不在考虑范围内。

郑凯歌见蓝若竹没说话，接着说："我知道你和潘总的关系很好，但今天我也不怕你笑话，实话和你说，之前我总觉得他有些瞧不起我，他在的时候我无论如何都没晋升的可能性，不过现在我想要努力一下，或许还有希望。"

蓝若竹听到这句话沉默了片刻，原来郑凯歌之前在酒吧里说的是潘志。不过蓝若竹也明白郑凯歌和自己说这话的原因，于是说："估计这个月你的业绩又是第一，到时候我推选你做总经理，你放心吧。"蓝若竹拍了拍郑凯歌的肩膀，对他鼓励道。

其实蓝若竹对于当总经理这件事情并不在意，她只是想做好自己的本职工作，至于其他，她并不关心。

两人刚聊完不一会儿，王昕和张昊天便一起走了进来。看见蓝若竹已经在公司的前台了，张昊天尴尬地咳嗽了一下，王昕看了一眼蓝若竹什么都没说，分明是不想解释或者掩饰，只是很自然地去换衣服了。

张昊天走到柜台前和蓝若竹说："这两天你干吗去了？给你打电话也不接，为什么没去我家照顾我弟弟？"

蓝若竹看着张昊天，正打算开口，便看见倪恒书走进来。

倪恒书看着他们两个，突然开口对蓝若竹说："蓝若竹，你过来一下，我找你有点事儿。"

"哦，好的。"蓝若竹一个眼神都没有给张昊天，便随着倪恒书离开了前台，张昊天尴尬地独自留在原地。

进了会议室后，蓝若竹疑惑地对倪恒书说："恒书，你有什么事情吗？"

"没什么事，我是怕你太尴尬了。既然没什么事，我就先走了。"

还没等蓝若竹反应过来，倪恒书便转身离开了。她看着倪恒书离去的背影，修长而优雅，心里暗暗地感谢他，谢谢他替自己解围。

午休的时候，蓝若竹特意坐到了王昕身边，故意对她说："昕昕，你觉得我和张昊天还能和好吗？我前两天和他分手了。"

王昕看了一眼蓝若竹，很严肃地对蓝若竹说："其实……我觉得你俩不合适，我觉得他没有特别爱你，你早点放手也好。"

"你……你为什么这样说？"

"我这是为了你好啊，你不觉得吗？"

蓝若竹听到这话，只感觉讽刺，她越发觉得自己可笑。以前，蓝若竹什么都给王昕买，只要是王昕喜欢的。因为蓝若竹知道王昕的条件并不好，所以自己有点多余的钱就想着她。但是这不包括……男朋友也可以和她分享。

"不好意思，打扰一下，你的咖啡我给你买来了。"倪恒书把咖啡递给了王昕。

"哦，你就放那里吧，以后每天都帮我去买一下。"王昕看都没看倪恒书一眼，直接对他说了一声。

倪恒书本来想说些什么，但是刚开口又咽了回去，只说了一个"嗯"字，然后继续问："另外的那杯……我也要每天去买吗？"

"你自己去问他吧，我不知道他是不是和我一样。"

蓝若竹把这一切都看在了眼里。王昕离开了办公室后，蓝若竹便主动上前对倪恒书说："恒书，你别听他们的，你没有必要买咖啡给他们，这不是你的义务。"

倪恒书看了一眼蓝若竹，无奈地摇摇头，对她说："没事的，我还是去买吧。"

下了班以后，蓝若竹直接走到张昊天面前对他说："我每周三、四可以帮你照顾弟弟，其他时间，你自己来。"说完扭头就走了。

蓝若竹觉得自己现在的样子才是最潇洒的，虽然她的心里依旧很痛，但是为了不把这层纸戳破，她已经妥协很多了。她知道他们的爱情已经走到了尽头，只是她还是有些舍不得张昊飞，无论如何都无法狠下心来。

　　也许女人对于男人的爱
就是这样的，爱的时候会非常
爱，爱得轰轰烈烈；不爱的时候，
有那么一瞬间就死心了，然后
就放下了。

第二章 游戏

周日，蓝若竹在家休息。

她在床上翻来覆去地想了很多事情……

尽管状态很差，但做完手术以后蓝若竹却轻松了很多，好像自己对张昊天的爱也随着孩子的离开一起烟消云散了。也许女人对于男人的爱就是这样的，爱的时候会非常爱，爱得轰轰烈烈；不爱的时候，有那么一瞬间就死心了，然后就放下了。

蓝若竹想要整理好自己的情绪，然后重新出发，不过对于王昕和张昊天背叛自己的事情，她依旧是有些不甘心的。她无法忍受自己的朋友背叛了自己，而且曾经自己对她那么好……而自己的男友更别说了，大家都觉得自己就像是他的"用人"一般，随叫随到。这种感觉一直让她很不舒服，也非常难以释怀。

周一午休的时候，蓝若竹拿了一份礼物递给了王昕，是一支口红。这是王昕之前心心念念的限量版口红，是蓝若竹之前帮她排了好久才买到的，一直想要送给她却没有机会，现在终于拿给了她。不过想想自己也是挺可笑的，之前居然把她当作最好的朋友。

王昕收到礼物非常开心，以为蓝若竹什么都不知道，两个人依旧还是好朋友，于是就对蓝若竹说："谢谢你啊若竹，一直想着我。"

　　"没事啊昕昕。"蓝若竹对王昕笑着，然后就坐到了她的旁边，试探性地说，"哎，对了，昕昕，我怀疑张昊天有别的女人了，但没有证据，我并不打算就这么轻易地成全他。"

　　"是吗？不过你们已经分手了，而且张昊天也不爱你了，你就别再纠结这个事情了，放过彼此吧！"王昕看似为了蓝若竹好，其实她怎么想的，两个人心里都一清二楚。

　　"你怎么知道他不爱我了？难道你也知道他有别人了？"蓝若竹看似温柔地询问，实则是步步紧逼。

　　"怎么可能，我就是瞎猜的，张昊天对你一直都不怎么样，大家都看得一清二楚。"

　　"你知道我和张昊天当初是怎么确定关系的吗？"

　　"怎么确定的？"王昕果然很感兴趣。

　　"我们当时同学聚会，玩真心话大冒险，他当时就和我表白了！"

　　"很浪漫呀！"王昕虽然表面很羡慕，但内心嫉妒极了，不禁说，"不过，你不要沉浸在以前的回忆中了，有些事情过去就过去了，说实话，张昊天真的和你不合适，你需要找一个真心对你好的人。"

　　"也许你说得对，张昊天这个人我很了解，他喜欢寻求刺激，但激情一过，很容易就失去了兴趣，所以没准他就是想和那个女人玩玩。"

　　王昕一下子都有些心不在焉的，而且一下班就跑出去了，下班前，王昕还在同事群里发了一条信息，说明天请大家一起吃晚饭，让所有人都去。因为大家平时关系都还不错，所以也没有人拒绝。而蓝若竹看到消息以后便紧握着手机，深深吸了一口气。

蓝若竹猜到了，王昕很想知道张昊天对她是不是真心的，她肯定很害怕张昊天背叛她，毕竟她是看着张昊天怎样一步步背叛蓝若竹的。所以，明天这顿饭局对于蓝若竹来说肯定是场鸿门宴，不过，这一切都在蓝若竹的预期中。

在王昕看来，她无论如何都要把握住与张昊天的这段关系，毕竟这是她好不容易才抢来的。之前她的目标一直是蔡轩，这件事情蓝若竹是知道的，说实话，她其实就是想借着蔡轩改变自己的命运。她曾经为了蔡轩剪过他最爱的短发，为了他三天三夜不吃饭，只为了瘦下来。因为蔡轩一直很花心，久而久之王昕也就看明白了，后来这才把目标转移到张昊天身上。张昊天虽然挣的钱不多，还要养个弟弟，但是他父母在离开之前给他们留下来一套房子，还留了些钱，够他们花一辈子了。他们并不缺钱。

蓝若竹记得有一次王昕喝多了给自己打电话，要去自己家里借宿一个晚上。她和父母说了一声，父母同意后便接她来住了。

那天晚上王昕一直没睡，而且不停地和自己诉说她曾经的过往。

"若竹，你知道吗？我那个爸爸又给我打电话了……我不知道他究竟想做什么，之前我赚了钱他就来找我，说自己缺钱花，又欠了一屁股债。我现在为了躲他换了手机号，但是他总能找到我在哪里……我真的好烦好烦……"

蓝若竹根本不知道王昕说的"父亲"到底是个怎样的人，毕竟自己也没有见过，只是在她的描述中仿佛这个人就是个恶魔，一直纠缠着王昕。

她曾经还很同情王昕，觉得她并不像表面上那样什么都不在乎，反而是个很重情义的人。现在看来，自己着实是可怜错了人。

……

第二天晚上吃饭之前蓝若竹特意打扮了一下自己，因为她不想再输给王昕了。她把自己一直戴的眼镜摘了下来，换上了隐形眼镜；而后又把头发拿卷发棒卷起来；她还特意找出一条蓝色裙子，上面有蕾丝花边；最后她化了个淡妆，整个人看起来性感又可爱。

蓝若竹望着镜子里的自己，觉得并不逊色于王昕，只是自己平时把心思放在工作上了，没有更多的精力每天打扮而已。

蓝若竹准时到达了餐厅，而郑凯歌和倪恒书先她一步，等她坐下十几分钟后，大家才陆陆续续地来了。王昕挽着张昊天的胳膊走了进来，张昊天看见蓝若竹尴尬地咳嗽了一声，示意王昕放开自己，王昕装作没有听见，反而抱着张昊天的胳膊更紧了。

王昕和张昊天一起走到了同事们的身边，张昊天见蓝若竹没有戴眼镜，甚至还化妆了，与往日的她大有不同，所以眼睛一直盯着蓝若竹，没有离开过。蓝若竹也盯着他们，丝毫没有要躲避的样子。

王昕见状不禁有些吃醋，赶紧对大家说："我知道张昊天之前一直都是若竹的男朋友，但是他们分手也有段时间了，我也不想再瞒着所有人了，今天请大家吃饭，我只有一个目的，就是告诉所有人我和张昊天已经交往了，请大家祝福我们吧。"稍作停顿后，转而对蓝若竹说，"若竹，我知道这样对你有些残忍，但是感情的事情谁都说不清楚，所以我希望你能祝福我，可以吗？"

此刻所有人都看着蓝若竹，蓝若竹并没有如大家想象的歇斯底里、伤心欲绝，她早已学会控制自己的表情，而且她已经预想到，像王昕占有欲这么强的人，肯定忍不住要宣布主权，更何况，她是用这种卑劣的手段获得的这段感情。其实，张昊天没想到王昕会这么郑重其事地宣布这件事，所以他此刻的表情有些尴尬，也不好意思说些什么。

沉默片刻后，蓝若竹大大方方地微笑道："如果只是为了在我面前宣布张昊天是你的，我觉得这顿饭其实没什么必要。不过既然我来了，我还是要祝福你们，祝你们天长地久，而且你放心，我不会和你抢的，毕竟我已经放下了。我们以后依旧是好朋友。"

张昊天和王昕都没想到蓝若竹会这样说，所以一时都没有反应过来，而其他人都抱着看戏的心态沉默着，只有倪恒书，主动坐在了蓝若竹的旁边，然后向大家说："大家快点菜吧，我都饿死了……"

蔡轩对倪恒书嘲笑道："你真是饿得好及时啊。"

倪恒书没有理会蔡轩，悄悄地对蓝若竹说："你不要太往心里去。"

蓝若竹点了点头，说："没事，我早就知道了，来之前我也做好了心理准备，否则不会来赴约的。"

菜很快上齐。大家都在餐桌上有说有笑的，而安安静静吃饭的就只有蓝若竹和倪恒书，仿佛他们两个在人群中是格格不入的。看着王昕和张昊天在自己面前秀恩爱，蓝若竹似乎并没有很伤心，反而觉得很讽刺。

吃完饭大家准备离开时，王昕提议玩真心话大冒险，大家平时工作压力比较大，觉得放松一下挺好的，就都点头答应了，而蓝若竹顺势说："我们不如回公司的杂物室去玩游戏，那多刺激呀！"

"不过……那是之前潘总自杀的地方，会不会晚上去不太好啊……"一个同事小心翼翼地说。大家听后也都感觉有些害怕，毕竟之前那里死过人，内心都是比较忌讳的。

"你们就是太迷信了，再说了，我们在餐厅玩多影响其他人呀，而且杂物室多刺激呀！"王昕鼓舞道，"你们不用担心这些，我们大家一起，有什么好害怕的！"

蓝若竹马上附和道："刺激才好玩，大家平时工作压力那么大，彻底放松一下有什么不好！"

在王昕和蓝若竹的怂恿下，大家一起来到了浦升公司的杂物室，所有人都各自找了地方坐了下来，王昕早就准备好了游戏要用的道具——酒瓶。

等王昕刚把酒瓶拿出来，张昊天就打着呵欠说："我现在好困啊，好想回去睡觉，明天还要上班呢。"

王昕紧接着抱住张昊天，对他说："亲爱的，你别着急呀！这个游戏没多久，就几分钟，你就配合一下吧。"

蓝若竹没吭声，默默地看了一眼手机，现在是十点整。她又看了看身边的蔡轩、倪恒书，还有郑凯歌，他们显然有很大兴趣。

其实引导王昕安排这个游戏，蓝若竹一方面是想探一探大家对于潘志事件的看法与态度，一方面想让张昊天以及王昕看清彼此的真面目。她一直在观察着，观察到底谁会比较慌张。

"好了，我们开始吧。现在我开始转瓶子，瓶子停止转动后，瓶口对着谁谁就接受挑战，至于是真心话还是大冒险自由选择。"王昕话音刚落，瓶子便开始了转动，还没转一圈，瓶子便停止了，瓶口正好对准郑凯歌。

郑凯歌立马说:"我选择真心话,你们有什么想知道的直接问吧!"

王昕立马问:"我想问,这次总经理竞选,你参不参加?"

"当然,而且我会努力争取的!"郑凯歌想都没想立马脱口而出。

而郑凯歌话音刚落,气氛不知为何有一些尴尬。其实大家都心知肚明,但没想到郑凯歌会如此直白地说出来。自从潘志去世了以后,总经理这个位置大家多少都有些觊觎的,所以蓝若竹隐隐约约觉得,郑凯歌这次会成为大家的公敌。

可郑凯歌丝毫不在乎,对于他来说,想要就要争取,没有什么不敢说的,自己光明正大,不在乎其他人的看法。紧接着他转动起了酒瓶,这次,瓶口对准了张昊天。

"你到底是不是真心爱我的?"王昕还没等张昊天选择,便直接问,丝毫不顾及蓝若竹的感受。

说实话,有蓝若竹在,更何况还当着所有同事的面,张昊天对于这个问题还是有些尴尬的。

"王昕,你这就不对了,昊天还没说选择真心话呢,你怎么能这么心急呢?"蔡轩替张昊天解了围。

"我是他女朋友,我替他决定了,张昊天你是不是不敢回答?"王昕依旧不依不饶,就好像一直在对蓝若竹宣示张昊天是自己的一样。

"这有什么不敢的,我肯定是真心爱你的,我想和你永远在一起。"没想到张昊天居然真的这么说了。在蓝若竹的记忆里,似乎他对自己从未说过什么甜言蜜语,可对王昕的态度真的很特别。

王昕听到后不禁露出了满意的微笑，然后上前亲了张昊天一口，大家见状不禁起哄大叫。而蓝若竹只是冷笑着看着这一切。

待大家冷静下来后，张昊天开始转动酒瓶。

经过几轮的转动，最后一次，瓶口终于对准了蔡轩。

蔡轩毫不犹豫地说"大冒险"，他还是比较喜欢刺激的东西，这确实和他的性格有着很大的关系。

听到蔡轩的选择，蓝若竹不禁暗喜，于是先人一步说："我想到一个很刺激的大冒险——让蔡轩自己在杂物室里待半个小时，半小时后我们再回来。"

听到这个提议，除了蔡轩其他人都异常兴奋，蔡轩虽然很害怕，但为了面子，他装作一副满不在乎的样子，说："没问题，你们可以出去了。"蔡轩话音刚落，大家便迅速走了出去，并毫不留情地把杂物室的门锁上了。

门锁上的那一刻，蔡轩再也无法强装镇定，只能自我安慰起来，世上根本就没有鬼，所以没必要害怕，但他还是止不住地发抖。而接下来发生的事情让他更加害怕了，杂物室里的灯光开始忽明忽暗，吊顶也开始有些摇晃，他们之前为了烘托气氛点的蜡烛也突然熄灭了。他看着诡异的灯，还有已经被熄灭的蜡烛，脸瞬间变得惨白。

"这……这到底是怎么回事？"蔡轩惊呼道。

外面的人听见蔡轩的惊呼不禁也吓了一跳，时间没到便开了门，只见蔡轩脸色苍白，冷汗直流，大家见状觉得事情可能闹大了，便安慰起蔡轩来："没事吧，都是假的，别当真呀！"还没等话说完，蔡轩就冲出人群跑了出去。大家都很不解地看着跑出的蔡轩，不知所措。

蔡轩走后，剩下的人也都不欢而散。蓝若竹目送王昕和张昊天手拉着手离开了，最后只剩下她和倪恒书了。

倪恒书悄悄地对蓝若竹说："刚才的确有些诡异，若竹你说不会真的是潘总回来了吧？"

蓝若竹回过神来对倪恒书笑笑，"什么呀，这怎么可能，你还真的相信有鬼？"

"难道这游戏是你安排的？"倪恒书紧接着问，"你为什么一直看手表？"令蓝若竹没想到的是，倪恒书居然猜中了自己的心思。

"今天大家都问了一些问题，也没见你问什么。怎么现在开始好奇啦？走吧，已经十点半了，我要回家了。"蓝若竹说完便转身离开了办公室。

经过游戏环节，她发现大家虽然对杂物室有些阴影，但都是正常反应，不像是做了亏心事后的那种害怕。而蔡轩，虽然后来的反应的确很大，但也有可能是因为他的胆子真的很小。

所以此时的蓝若竹再次陷入困惑中……但她不会放弃，决定继续用她的方式调查。

倪恒书跟了上来，默默地跟在蓝若竹后面，鼓起勇气说了一声："你不是也没有问吗？若竹，我送你回家吧。"

蓝若竹看了一下倪恒书，想了一下，还是点了点头答应了。

自从那天晚上玩了游戏以后，大家的心态开始发生变化，不知道是不是因为隐藏的伤口被暴露在光天化日之下，还是因为所有人本来就各怀鬼胎，总之，表面上的平静从那天开始被彻底打破了。

所有人都无法预知未来会发生什么，但当下的日子还是要继续。

王昕还是继续跟张昊天保持着情侣关系，尽管人们一开始都不是很看好，但他们的关系反而越来越好。他们每天都腻在一起，一起上班，一起下班，几乎形影不离。而蔡轩理所当然地被张昊天忽略了。

郑凯歌依旧还是很努力地工作，虽然周围的人都不是很喜欢他，但是他并不在乎，他已经单独一个人惯了。

蓝若竹还是按照约定跑去照顾张昊飞，不过庆幸的是，终于有个人可以和蓝若竹说说话，分享她的心事了，这个人便是倪恒书。

倪恒书和蓝若竹的关系比之前更好了一些，自从那天开始，倪恒书经常给蓝若竹买饭和买水，也会时不时送她回家，眼里满满的都是关心。

虽然蓝若竹隐约感觉到倪恒书对自己有一些好感，但她并不想很快再开始一段恋爱，她被张昊天伤得太深了，害怕再爱上任何人。所以她每次都是有意无意地拒绝倪恒书。

而倪恒书还是和之前一样，被蔡轩和王昕使唤来使唤去的，给他们打扫卫生、倒垃圾、买水喝……而郑凯歌和张昊天始终没怎么给过他好脸色。

这几天公司要开始拍摄宣传片了。之前因为这个拍摄，大家都绞尽了脑汁。公司股东投入了 20 万元，找了公司里形象比较好的王昕和蔡轩作为"形象大使"，而拍摄进度则由蓝若竹跟进。

不过奇怪的是，自打坑过游戏的第三天，蔡轩就没有来过公司。起初大家都觉得很正常，毕竟人家有靠山，之前也经常是三天打鱼两天晒网，但是这次却这么长时间都没有来上班，所有人都感觉很奇怪。

为了拍摄进度，蓝若竹每天下班后都主动去问张昊天关于蔡轩的踪迹，因为她根本联系不到蔡轩。

张昊天只是轻描淡写地说："那货啊……我怎么会知道，可能这几天喝大了就没来呗。"话音刚落，蔡轩就出现在了大家面前。

他好像很多天没有睡觉的样子，眼睛红肿，黑眼圈很深，头发乱糟糟的，和他平时的形象非常不符。其他同事基本上都已经下班了，就剩下零星几个人，而蔡轩嘴里还念念有词道："我先过来收拾收拾东西，就暂时不回来上班了。"

"蔡轩，你怎么了，为什么不来上班了？我看你状态不是很好啊。"张昊天握住蔡轩的肩膀，试图想要一探究竟，没想到蔡轩很快地挣脱开并对他说："没……没什么，我很不舒服，我拿着东西先回家了。"

"蔡轩，你终于来了。你看一下这个宣传资料，需要你配合拍摄的。"蓝若竹赶紧上前对蔡轩说，"最近你都不来上班，打你手机也打不通。这个项目领导们投了很多钱的，麻烦你认真一点。"

"我没空，你让他们找别人吧。"蔡轩看都没看一眼，就直接从公司走出去了。

大家望着蔡轩离去的背影，一脸疑惑。

这个时候王昕默默地拉住蓝若竹的衣角对她说："你说……是不是因为那天大冒险真吓着他了？他状态好不对，感觉丢了魂一般。"

蓝若竹的神情也显得有些焦虑和不解，于是摇摇头对王昕回应道："他平时也不是这么胆小的人呀，应该不会。我们这个项目怎么办呢……蔡轩不肯配合，我想我们应该考虑换个人了。"

"再等等吧，没准他只是最近有什么私事呢？"倪恒书听到了她们的谈话，上前对蓝若竹安慰道。

到了星期五，蓝若竹本来以为可以准时下班，但是没想到居然发生了一件不可思议的事情。

就在大家准备下班之时，一个打扮得雍容华贵的女人现身公司，刚开始大家都以为是某位 VIP 客户，但经过询问才知道，她是蔡轩的妈妈，不，准确地说，她是蔡轩爸爸的原配妻子。

女人进来环视完四周后，仰着下巴，气势汹汹地对着前台小姑娘说："小姑娘，我想找一下蔡轩。"

"蔡轩这几天都没来上班，请问您有什么事情吗？我们也可以帮您解决问题。"

"你们怎么帮我解决问题？我现在就想知道他人到底在哪里，难道他妈妈这么不正经，他也是一样的吗？都不来上班的吗？"这个女人用充满讽刺的语气说着，前台小姑娘听到这些有些不知所措了，连忙对蓝若竹使了使眼色。

蓝若竹也很无奈，她其实并不想多管闲事，但毕竟自己是部门经理，又收到了前台小姑娘的求助，所以只好走了过去，对这个女人说："您好，我是蓝若竹，我是这里的部门经理，如果您有什么事情可以对我说，我们换个地方吧，站在这里说话也不方便。"

那个女人上下打量了一下蓝若竹，点了点头跟着蓝若竹去了会议室。

蓝若竹倒了杯水递给她，便对她说："您有什么问题现在跟我说吧，我尽量帮您解决。"

那个女人看了看周围，也确实是没有见到蔡轩的身影，用南方口音说："我老公是这家公司的股东，想必你们都是知道的呀。我之前也一直以为我跟我老公虽然不是天天见面，但起码夫妻感情没有问题，但最近竟然让我查到了他在外面有女人，而且，孩子都已经这么大了，没错，这个孩子就是蔡轩。我没想到，他竟然这么大胆，把蔡轩安排在了我眼皮子底下，这简直是太讽刺了呀！"这个女人有点控制不住自己的情绪。

听到这些，蓝若竹虽然震惊，但良好的职业素养让她不能太过失态，安慰道："那您觉得我能怎么帮助您呢？我们也确实是很多天没有见到他了，上次见到他还是几天前，他把自己办公室里重要的东西基本上都拿走了，我们也不知道他要做什么，或者是去干什么了，要不然您去他家里找找？"

"我肯定是去找过的呀，但是家里也不知道是不是没有人，还是故意不开门。"女人摇了摇头，虽然努力保持平和的表情，但依旧掩藏不住她的愤怒。

"您方便透露一下，您找蔡轩干什么吗？或者是等下次我见到他，递话给他。我现在也是联系不到他，还有就是……为什么您不去联系蔡轩的母亲呢？或许她能够知道一些蔡轩的行踪。"蓝若竹很好奇地问。

"算了吧，等我找到他再说吧。蔡轩的亲生母亲早就不知所踪了，我也找不到她。蔡宏那个混蛋不知道背着我搞过多少个女人，但还好据我调查私生子就只有一个。"女人愤愤不平地继续对蓝若竹说，"这个是我的名片，你拿着，有他的踪迹及时告诉我，我会给你好处的。”女人说完便拎着自己的大牌包离开了会议室。

蓝若竹有些发愣，这信息量实在是太大了。

紧接着她叹了口气，走出会议室，没想到张昊天正在门口等着她。她装作没有看见，想要躲开他，却被张昊天抓住了手，“你干吗啊，放开。被王昕看见了不好。”

“王昕去上厕所了，我想知道那个女人和你说了什么。”

“说了什么跟你有关系吗？你很无聊你知道吗？”蓝若竹反问。

“蔡轩是我最好的哥们，我很想知道到底发生了什么，或许你可以和我知道的信息对得上。要不然晚上你陪我去他家一趟，看看他。”

“我考虑一下，一会儿再说，我先去忙了。”蓝若竹回到自己的座位上，思前想后还是决定晚上和张昊天去一趟蔡轩的家一探究竟，因为她也很想知道那个女人究竟是什么目的。

下班后，倪恒书走到蓝若竹跟前，问她要不要一起走。蓝若竹只好对他说：“对不起啊恒书，我晚上要和张昊天去一趟蔡轩的家里，看看他到底是什么情况，为什么这些天不来上班。”

“那如果有什么消息，或者是遇到了什么事情，及时通知我。”倪恒书关切地说。

“好的，不会有任何事情的，我很安全，你放心吧。”

她深切地知道，当一个人
没有欲望的时候，其实心里是
最舒坦的，顺其自然才是最好的。

第三章　伤口

　　蓝若竹和张昊天一起离开了公司。

　　一路上蓝若竹都沉默着，最终张昊天开口道："你现在可以告诉我那个女人对你说了什么吧？"

　　"那个女人就说蔡轩是私生子，亲生母亲早就不知道去哪里了，至于她找蔡轩做什么我就不知道了，问她她也不告诉我的。"

　　"这样啊……这些蔡轩都没有跟我说过，我曾经以为我们是最好的朋友，原来最好的朋友其实也会隐瞒一些事情的，不过……哎，也可以理解，我也能理解他内心的痛苦。"张昊天发表的这一番言论让蓝若竹有些惊讶，因为她觉得张昊天这么自私自利，从来都是以自我为中心的人，根本不会去考虑别人怎么想。

　　蓝若竹曾经以为张昊天和蔡轩的关系很好，但其实张昊天也对此一无所知。也许并不是关系不够好，只是蔡轩把自己的过往隐藏得太好了。

　　过了一会儿，他们终于到了蔡轩的小区。张昊天一看就是来过，带着蓝若竹走到了单元门口，摁了一下门禁，没人开门。他们又等了一会儿，终于有人从单元门里走了出来，张昊天赶紧跑过去撑着门，对蓝若竹说："快进来吧，正好有人出来了。"

到了8层，左手第一家就是蔡轩的家。张昊天敲了一会儿门没人开门。

"是不是他这几天不住在家里？不行咱们还是回去吧，真有什么事情他应该会说的。"蓝若竹觉得这毕竟是人家的家事，跟自己也没有太多瓜葛。

张昊天还是坚持敲门，在门外喊："蔡轩啊，是我，我是张昊天。你在不在家？在家的话开下门呗。"

过了一分钟，他们听到了脚步声，紧接着，门被打开了，蔡轩果然在家。

看到是蓝若竹和张昊天，蔡轩脸上没有任何惊讶的表情。他好久没有洗过脸了，整个人身上散发着一股酸臭味，胡子都快长到脖子上了，头发上也都是白色的头皮屑。

蔡轩示意他们进屋，而刚一进屋，蓝若竹就看见了满地的酒瓶子、烟头，还有各种没有洗过的衣服，连厕所都散发着一股恶臭。

"你到底怎么了？为什么变成现在这个样子了？"张昊天很疑惑地问。

"我帮你收拾收拾吧。"蓝若竹试探性地说，打算把沙发上的瓶子都丢进垃圾桶里，好歹能有个地方坐着。

"蓝若竹你放那吧，别收拾了。"蔡轩对蓝若竹淡淡地说，"我不喜欢别人动我的东西。"

张昊天对蔡轩说："蓝若竹想帮你收拾一下而已，你别不知好歹了。这些天我给你打了多少电话，给你发了多少短信，你都不回我，班也不去上，你现在把自己弄成这个德行，到底想干吗啊？"

"你们用得着管我吗？要是来教训我的，那么大可不必，你们可以出去了。"蔡轩一屁股坐到沙发上，狠狠地抽了一口烟。

"我们也不想来找你，但是你爸爸的原配来找过你，我们想问问你究竟发生了什么事情。"蓝若竹很无奈地说。

"什么……？我爸爸的原配？就是那个不可一世的女人？天呐！她疯了吧，前段时间就不停地给我打电话，我不接电话居然还去单位找我，不就是为了到时候能多分些遗产给她那个亲生的闺女嘛。说真的，这些我不稀罕，怎么给都是我爹的事情，用得着到处找我吗？"蔡轩停顿了一会儿继续说，"这些事情我本来不想让你们知道的，看来是瞒不住了。是，我是私生子，可这也不是我想的啊。我一出生我妈就不在了，我被保姆带大，我爹虽然在物质上没缺过我什么，但是我从来没有真正感受过爱。我连我妈现在在哪都不知道，只听我爸说她是个韩国人，生完我以后就跑回自己的国家了，之后便再也没有回来。"

原来那个女人是为了遗产的分割来的，蓝若竹现在才恍然大悟。蔡轩也确实是可怜，虽然表面给人的感觉什么都不在乎，但其实他内心也是渴望被疼爱的，无论是谁。

"那你怎么把自己弄成这个样子了？你看你的头发都掉了一地。"张昊天追问。

"你们……不觉得这个世界上有鬼吗？就是那种人死去以后的灵魂。你知道吗？做游戏的第二天，我真的在公司里看见了潘志，真的是他，可是我和他的死没有半点关系呀，为什么？他为什么要来找我？我真的很害怕。"蔡轩抱紧了自己的脑袋，他的恐惧感任谁都能看得出来。

蓝若竹没有想到蔡轩会受这么大影响，那天她只是想看看蔡轩的反应，没想到却对他造成了这么大的心理阴影，说实话，她十分内疚，便说："蔡轩，那天的游戏是我和你开的玩笑，对不起呀，至于你说第二天看到了潘总，那肯定是那天晚上对你造成了心理阴影，肯定是出现幻觉了。"

　　"怎么会有鬼呢？你想太多了吧。"张昊天也顺势劝道，并把胳膊架到了蔡轩的肩上，但却被蔡轩躲开了。

　　"你们就别安慰我了，我真的看见潘志了，你……你们是真的没有看见，真的很可怕。反正公司我不会回去了，怎么样随便你们。这两天我都是开灯睡觉的，每天晚上都做噩梦。"蔡轩斩钉截铁地说，就好像真的经历了一般。

　　"那……要不然我给你找个心理医生？"蓝若竹试探性问。

　　"你们真的不相信我吗？！我真的没有疯，我确实是看见了。不相信就算了，你们两个赶紧离开这里吧，我也懒得和你们继续说了。"蔡轩像赶小鸡一样，把张昊天和蓝若竹从公寓里赶了出去，"啪"一下把门关上了。

　　张昊天与蓝若竹面面相觑，也不知道究竟该怎么办。

　　"我真服了，蔡轩这孙子到底发什么神经？"张昊天很不解地对蓝若竹说，"这些年虽然一直知道他不怎么靠谱吧，但是关键时刻也不掉链子，现在呢？怎么还相信这个世界上有鬼了！还是男人吗？"

　　蓝若竹也有些不知所措，一直在回想着蔡轩的举动。

　　"我们还是先回家吧！我觉得咱们一时半会儿也解决不了什么问题。"张昊天掏出手机，叫了辆顺风车，"我先回家了，你自己打车吧，我就不送你了。"

这个时候倪恒书发来了短信，问蓝若竹到底是什么情况，蓝若竹只是回了句"明天再说"便不再理倪恒书了。

两个人一起从蔡轩的公寓走出来后，蓝若竹便对张昊天说："你最近还是多盯着点他吧，我觉得他不太正常。"

张昊天点点头说："你放心吧。但是你也别忘记去照顾我弟弟，最近也不知道怎么了，病越发得严重了……哎，都怪我没有保护好他，之前发生了那样的事情。"

"答应你的事情我肯定会做到。"说完蓝若竹在路边打了个车便走了。

刚到家门口，蓝若竹发现倪恒书正站在小区门口等着自己。

"你怎么会在这里？"

"我看你没理我，还以为出事了。怎么样，蔡轩他还好吗？"倪恒书很关心地问。

"不是很乐观，他现在精神状态有些问题……应该是那天吓到他了，他居然说自己第二天看到了潘总，这怎么可能。"蓝若竹一脸不可思议地说。

"难道这个世界上真的有鬼？"

"不是吧，倪恒书，你也信这个？"蓝若竹很不解地看着倪恒书，怎么这帮大男人这么迷信。

"我就是随口一说，希望蔡轩能快点好起来吧。"

"我也希望。不过恒书，你不恨他吗？我记得之前他一直都在欺负你呀。"蓝若竹一针见血地问了出来。

"我……"倪恒书沉默了。

"好了，我知道你是个好人。"蓝若竹觉得自己好像说错话了，所以就没有继续追问。

两个人坐在小区的椅子上聊了一会儿，蓝若竹就回家了。回到家蓝若竹发现满地的玻璃片还有瓷器片，不用想就知道，爸爸妈妈刚吵完架。

　　蓝若竹打开了妈妈的房门，看见坐在床上发呆的妈妈，走过去抱住了她，"妈，你们又吵架了？爸爸去哪里了？"

　　妈妈过了一会儿才回神，见是蓝若竹，便回抱住她，对她说："若竹，你说这段婚姻我还有必要坚持吗？这么多年了，他一生气就摔东西，然后人就不见了，八成又是跟朋友喝酒去了。咱们娘俩什么都听他的，委曲求全这么久了，之前他还一直看不上你，还一直怀疑你是不是他亲生的，我真不知道到底是为什么。"

　　蓝若竹听完这些话，也有些伤感，不过她已经习惯了。是啊，爸爸一向如此，不过她内心还是相信，总有一天他会改变的，就算他一直看不起任何人，也没有给自己太多的父爱，但至少对于这个家庭他还是认真的。

　　洗完了澡，蓝若竹躺在床上发着呆。她的脑子里有很多的事情，包括离去的潘志、背叛自己的王昕和张昊天，还有正在吵架的父母，每一件事情她都有些不知所措。

　　这一晚，她仍然没有睡好，不是因为父母吵架了，而是她一直在想蔡轩的事情。她总是觉得这件事情非常蹊跷，但是又想不出来到底是为什么。

　　第二天她起得很早，打算早早去公司调监控录像。蓝若竹很想知道那天过后到底发生了什么，为何导致蔡轩如此丧失理智。

　　监控管理员帮蓝若竹翻了那天的监控。从早到晚，蓝若竹都没发现什么异常，直到下班后，蓝若竹才感觉不对。只见郑凯歌最后一个从公司离开了以后，倪恒书竟提着一个袋子走进了更衣室。过了十分钟，蔡轩也走了进去。

"等等。"蓝若竹对管理员说，"从现在开始把倍速调慢，我想看到细节。"他们两个一起注视着监控，没想到大约过了五六分钟，蔡轩慌忙地从公司里跑了出去，仿佛受到了惊吓。但因为更衣室没有监控，所以蓝若竹并不知道这期间到底发生了什么。

不过，既然倪恒书在，那么蔡轩的事情肯定跟他是有关系的，蓝若竹这样想。

蓝若竹觉得那一袋子东西肯定还在更衣室，因为后来倪恒书从公司离开的时候手里没有那个袋子。她赶紧跑到更衣室翻遍了所有的柜子，终于在一个公共的区域找到了那袋东西。打开一看，原来是潘志之前穿过的衣服，还有他的眼镜，虽然不知道倪恒书是在哪里找到的，但是能确定的是，他确实吓到了蔡轩，蔡轩也因此精神状态变得不对了。

关于倪恒书与蔡轩之间的恩怨，蓝若竹当然是知道的。蔡轩一直在使唤他，他肯定心里不舒服。但是为何那天蔡轩要返回公司？而倪恒书又是怎么知道蔡轩要回来并提前做好了准备呢？这让蓝若竹困惑不已。她如果贸然跑去问倪恒书，他心里肯定会不舒服，对自己可能会更加有所防备，所以蓝若竹决定再观察观察，以免打草惊蛇。

这两天倪恒书都很主动地找蓝若竹说话，但是蓝若竹都有意无意地躲着他，说自己在忙。倪恒书大概也能理解蓝若竹的意思，但依旧锲而不舍。或许他隐隐约约能够感知到，蓝若竹的态度有所变化。

蓝若竹知道倪恒书很依赖自己，而且在公司里自己对他是最好的，但是对于他做过的事情，她心里还是有点介意。

终于，倪恒书忍不住了，下班的时候直接对蓝若竹说："你最近到底怎么了？自从去看了蔡轩后你就一直躲着我，是我做错了什么吗？"

"没什么，我就是最近不开心而已。"蓝若竹回答。

"发生什么了？有什么不开心的事情，你可以和我说的。"倪恒书很关切地问，其实在蓝若竹心里他一直都是很好很温和的男生，也非常体贴。

"我看到王昕和张昊天心里不舒服，就这么简单。"蓝若竹说完便离开公司，打车去了张昊天的家里，留倪恒书一个人在原地。她也只能用这样的理由搪塞。

这些天张昊飞的病情越加严重了，可能是因为最近自己去的越来越少了，蓝若竹有些自责地想着。蓝若竹一直认为张昊飞的病情是需要有人倾诉的，可是最大的问题就是他太自闭了，不愿去诉说。

"姐姐，你最近为什么来找我的日子越来越少了呢？我都很不习惯了。"张昊飞嘟着嘴，对蓝若竹撒娇道，"还有就是……哥哥，最近新带回来了一个女人，叫什么……王昕，她是谁呀？为什么会有别的女人？你和哥哥到底发生什么了？你们不是说好会结婚的吗？"

"那个是你哥哥的新女朋友，姐姐最近有点忙，所以来的就少了。"蓝若竹只是心里觉得有些苦涩，但也只好把事实说了出来，毕竟这个事情也骗不了他太久。

"什么？新女朋友？哥哥没有跟我说啊。那个女人一到我家就玩手机，也不太喜欢和我说话。我还是更喜欢你啊，姐姐，你什么时候跟我哥哥和好呀，还有我的侄儿，我的侄儿呢？"张昊飞抱住蓝若竹的后背，有些不舍得她离开。

蓝若竹抱住张昊飞，摸了摸他的头，安慰道："姐姐一直都在你身边，无论你哥哥的女朋友是谁。"

离开张昊天的家后，蓝若竹默默地叹了口气。孩子，可能永远都是她的一个痛，不能被任何人提及的痛。

就在蓝若竹还陷在悲伤的情绪中时，手机响了起来，她看了一下，原来是公司的聊天群在发布信息。新任总经理将会在下个月正式上任，而备选名单也发布在了群里，其中就有郑凯歌和蓝若竹。在决定之前，公司高层要约备选人员面谈一下。

其实说实话，蓝若竹对于这个事情并没有特别多的期待。如果给她一个想要做总经理的理由，无非就是想让爸爸瞧得起自己，而不是因为自己的野心和欲望。她深切地知道，当一个人没有欲望的时候，其实心里是最舒坦的，顺其自然才是最好的。

就在蓝若竹发呆时，电话铃声响了起来，是倪恒书的来电。说真的，当看到倪恒书三个字的时候她的心微微颤抖了一下，不过很快恢复了平静。

"喂？恒书，这么晚了，你有什么事情吗？"

对面先是沉默了一会儿，然后轻声说："若竹，你如果这两天有空的话，我们可以一起去看个电影，我特别喜欢文艺片。"

"呃……我最近有些忙。"蓝若竹对倪恒书还是有些防备的，她并不知道倪恒书到底做了些什么。

"这样呀，那你愿意的时候再告诉我吧！"接着便挂了电话。

面谈之日如约而至。

蓝若竹走进了约谈室，公司高层对她说："经过这段时间的考察，我们对你还是比较满意的，而且潘总生前也总夸你是他带的这届职员中最优秀的，一直想要提拔你。你个人对于这个位置有什么想法？"

蓝若竹有些发愣，尽管潘志对她很好，但没想到他居然会在高层面前这样夸自己。她十分激动又很忐忑，当然也很感谢潘志，谢谢他对自己的这份信任。本来她对于这个位置没有太多奢望，但是，听到这个消息，她也不想辜负潘志的一番苦心。所以她还是很积极地回答了领导的问题，表示会尽最大的努力争取。

不过蓝若竹深知，如果自己当选了，那么之后和郑凯歌的关系就肯定再也回不到当初了。

从约谈室走出来以后，蓝若竹第一个就去找郑凯歌聊天。她想知道郑凯歌现在心里的想法到底是怎么样的，害怕自己会"夺人所爱"，之后两人老死不相往来。

"凯歌……刚才那些领导都是怎么和你说的？我有些担心。"蓝若竹试探性地问郑凯歌。

郑凯歌看见是蓝若竹来了，就笑着对她说："若竹啊，你来了。别害怕，我知道你一直没有这个心思，也不在意输赢，你就是想踏踏实实过日子的女生。我心里确实是很想当总经理，那天在杂物室玩游戏的时候我已经说过了，就算很多人都忌惮我又如何？不过那些领导也看到了我的努力和我的业绩，说是会慎重考虑的。所以我觉得八成是我，你是不是也这样认为？"

蓝若竹沉默了一会儿，然后点了点头，只能说："对于你的努力大家都是有目共睹的，不管结果如何，我都支持你。"

"谢谢你若竹，公司里我和你是最好的，也不知道张昊天这个男人的眼光怎么这么差，就连我都看出王昕是个不省心的女人。"郑凯歌很直白地说，也不知道是不是故意讨好蓝若竹，"对了，今天晚上我在家做饭吃，下班以后，你要不要来尝尝我的手艺？"

"好啊，咱们都认识这么久了，还没吃过你做的饭呢，还是有些小期待呢。"蓝若竹没有拒绝，因为她能明白郑凯歌的用意。

下班后，蓝若竹跟着郑凯歌去了他家。郑凯歌自己单独租房子住。一进门，蓝若竹四处观察了一下，没想到，郑凯歌这个人还挺念旧的，家里有很多老照片，还有老物件，例如小时候吃的肯德基套餐送的哆啦A梦玩具，还有十几年前流行的磁带，他都留着，摆在书架上。书桌上有很多杂乱的文件，多半都是关于金融和管理的，还有一些是字帖，看来郑凯歌没事经常练字。

郑凯歌对蓝若竹说："我先去做饭了，你随便坐啊。"然后系上个围裙，转身进了厨房。

"让你一人做饭多不好呀，我来帮忙吧。"

郑凯歌从厨房里探出头来，说："没事的，你来我家里就是客人，怎么能让客人动手呢，我来就行了。"

蓝若竹也没再坚持，坐在沙发看起了电视。看着看着感觉有些无聊，于是观察起四周摆放的各种照片。这些都是很多年前的照片了，有他和家人的合照，也有和前女友的，剩下的便是他初中、高中以及大学的毕业照。他整整齐齐地摆放着，蓝若竹轻轻地用大拇指擦拭了一下，上面一点灰尘都没有，看来郑凯歌是个爱干净的男人，每天都会收拾房间。

蓝若竹看着照片里的孩子们都面带微笑，不禁也感染到自己。

等等，这个脸上带着忧郁的孩子，不是张昊飞吗？他出现在郑凯歌的高中毕业合照上，那么他们肯定是高中同班同学了！之前她竟然从未听张昊天说过这件事情。

蓝若竹本来想要问问张昊飞高中被霸凌的具体细节，可一想，自己毕竟已经和张昊天分手了，而且或许人家不愿意提及，所以也就没有开口问。

过了大概半个小时，郑凯歌从厨房里走了出来，手里端着热腾腾的饭菜，"上菜啦，若竹快帮我端一下。"

蓝若竹点点头，屋子已经香气扑鼻，没想到郑凯歌是做饭的一把好手。她一直以为郑凯歌是那种特别宅的男生，眼里只有工作，平时也不会做饭，没有任何生活气息，没想到他在生活上如此优秀。

蓝若竹和郑凯歌坐在饭桌前，聊着公司里近期发生的事情。其实说实话，他们两个还是比较有共同话题的，而且对于很多事情的看法都是差不多的。

聊着聊着，蓝若竹又看到了那些老照片，于是想都没想就问郑凯歌："凯歌……我想知道，你是不是认识张昊天的弟弟呀，就是张昊飞。"

"呃……对，我们是同班同学，这个有什么问题吗？"郑凯歌好像故意在逃避这个问题，表现得有些刻意的漫不经心。

"没事的，我就是看到你的高中毕业照上有张昊飞，没想到你们居然是同班同学。不过……张昊飞的病情似乎有些严重，现在生活已经不能自理了。"

"哦……是吗，他的心态一向很脆弱。上学的时候就是那样的，老师随便说他几句，他就会难过一天。而且他很不合群，甚至有些神经质，阴晴不定的，也不喜欢和同学们一起玩，每次都不去参加集体活动。所以同学和老师都不是很喜欢他，再后来好像就退学了，只是高三快毕业的时候，回来照过一次合照而已。"

"那……你知道那次事件吗？就是导致张昊飞彻底抑郁的那次。听说同学把他关到了一个小黑屋里……"

郑凯歌看了看蓝若竹没有说话，也许是不知道该怎么回答，只说了一句："那次很多同学都参加了。"然后便绕开了这个话题，"我听说前段时间你和张昊天去了蔡轩的家里，后来怎么就没有消息了呢，那小子怎么还不来上班？"

还没等蓝若竹开口，手机铃声就突然响了起来，是倪恒书的来电："喂，恒书怎么了呢？"

"……若竹，你快来公司吧，蔡轩被车撞死了。"

也许这个世界上并没有不爱孩子的父母，只有没有说出口的爱。也许蔡轩的伤感和遗憾在于，不曾知道有真正爱自己的人。可是蓝若竹相信，无论怎样，在另一个世界里，总会有人真正爱他。

第四章　隐藏

〰〰〰〰〰

"怎么回事？"郑凯歌看着发愣了很久都没有说话的蓝若竹，很关切地问。

蓝若竹此刻的心情非常复杂、忐忑、不安，甚至……还有些不知所措。

郑凯歌看蓝若竹惊慌失措的表情，手机一直举在耳边没有放下来，便摇了摇她的肩膀，"若竹，若竹？"

"凯歌，蔡轩死了……被车撞死了。我们赶紧去公司吧，我不知道……这到底是怎么了，前段时间还好好的……"

蓝若竹表现得非常慌乱，连郑凯歌都被吓了一跳。不过也就几秒钟的惊讶过后，郑凯歌很快恢复了平静，毕竟对于蔡轩他更多的是嫉妒，嫉妒他的"好命"。凭什么他一生下来就拥有了别人拥有不了的财富，还有一张帅气的脸，可自己却什么都没有。

蓝若竹和郑凯歌赶紧从公寓里跑了出来，打了辆出租车赶往公司。走的时候她连包都忘记拿了，发现的时候已经上了出租车。

"凯歌，我……我包忘记拿了。"

"没事，咱们先去，明天我再给你拿过来。"

这一路上蓝若竹的手是紧握的。现在的她百感交集，感觉这一切从潘志去世以后并未消停，所有的事情是一件接着一件的。她曾经没有想那么多，不过是想有份稳定的工作，然后踏踏实实结婚生子。现在看来，这一切仿佛离她越来越远，好像自己卷入了一个漩涡里出不来。

郑凯歌一路上也没有说一句话，只是时不时看看手机。一路上两个人什么话都没说。

因为晚高峰，十五分钟的车程足足走了半个小时。下了出租车，蓝若竹看见公司楼下的大门口被一大堆警察包围着，还有很多警车停在路边，不远处还有警察在调查取证。有一个被画过的界限，那个应该就是蔡轩被撞死的地方。

蓝若竹和郑凯歌走向门口，却立即被警察拦住，"无关人等，请速速离开。"

"警察同志，我们是这里的员工，刚才那个……是我们的同事，我们方便进去吗？"郑凯歌对警察解释道。

"哦，这样，那你们绕过事故现场，从那边进去吧。"

他们两个一起走进公司后，看见王昕、张昊天还有倪恒书正坐在办公室里。这三个人脸上的表情都充满了焦虑、慌张，还有不安。

王昕看到蓝若竹就跑过去拉住她，对她说："若竹……这，这真是太可怕了，怎么会有这样的事情，之前我只是听说蔡轩他有些疯癫，但是怎么会突然就被车撞死了呢？"

"到底是怎么回事，怎么蔡轩就被车撞死了？"郑凯歌很冷静地问。

倪恒书看了看他们，说："我们也不知道怎么回事，刚准备下班了，蔡轩就突然冲了进来，冲着我们大呼小叫，口中还念念有词，大概是'怎么可能又出现了呢，他明明已经死了啊'，还没等我们反应过来，他就离开了公司，跑向了路的对面……紧接着开过来一辆大货车，然后他就被车撞飞了。"

其他人都没有说话，点头默认。

蓝若竹只好安慰大家："你们都别慌，警察估计一会儿会过来挨个询问情况，大家都冷静一些吧……"

这次来到公司调查此次事件的就是上次调查潘志事件的王冕警官，他一直负责这个区域。当他再次见到蓝若竹，一眼就认出了她，便对蓝若竹说："蓝小姐，我们又见面了。你们公司真是不消停啊！"

"王警官，我委托您调查的潘总的事情到底如何了？是否有进展？"蓝若竹很关切地问，脸上写满了焦虑。

"暂时没有什么进展，线索真的很少，不过您放心，我还会继续盯着，毕竟我们的准则是绝不冤枉一个好人，也绝不放过一个坏人。"王冕看了一眼自己的手表，"您先坐在位子上吧，我们现在要开始做笔录了。"

今晚注定是不平静的。警察挨个询问了以后，便让大家回去休息了。蓝若竹回到家的时候已经十一点多了。

妈妈看到蓝若竹失魂落魄的样子关切地问："若竹，你这是怎么了？今天回来这么晚，到底是发生什么了？"

蓝若竹看了一眼妈妈，再也控制不住自己的眼泪，便扑到了妈妈的怀里，对她说："妈……我们那个同事，就是叫蔡轩的那个同事，他今天就在公司门口被车撞死了。为什么自从师父离世以后，事情一件接着一件，我真的好难过。"

蓝若竹的妈妈摸着她的头发，叹了口气，"孩子，妈知道你心里不好受，但是这也是没有办法的事情。你从小就心思重，这点妈妈是知道的，但是无论怎么样，还是要好好生活，毕竟未来掌握在你自己的手里，和别人都没有关系。"

听到这些安慰的话，蓝若竹更想哭了，再也抑制不住自己内心的伤感了。

妈妈离开了房间以后，蓝若竹一个人躺在床上，开始回想近期所发生的事情。蔡轩的精神失常，倪恒书有不可推卸的责任，在他看来，这也许只是一个恶作剧，或是他只是想惩罚一下蔡轩，他应该也没想到会造成这么严重的后果吧！

可真要追究起来，自己也有一定的责任，所以对于蔡轩的死她还是不能释怀。不过相信警察之后会去调取公司的所有监控，也一定会给出一个合理的解释。可无论如何，蓝若竹都觉得重中之重是找出潘志确切的死因。

蔡轩的葬礼定在下周一，警察那边已经结案了，毕竟这确实是一起普通的车祸。警察也已经找过倪恒书了，他承认仅是一个恶作剧而已，没想过会有这样的后果。

不过自从这件事情发生以后，所有人都心有余悸。蓝若竹尽管知道蔡轩的死和倪恒书没有直接关系，但她还是有些不知如何面对倪恒书了。

星期五晚上九点多，蓝若竹忙完公司的事情，刚打算打车回家，就在等车的时候倪恒书骑着电动车过来，问蓝若竹要不要带她一程。

蓝若竹本想拒绝，但倪恒书一副真诚的样子，她还是答应了。

她戴上头盔坐上了电动车，一路上紧紧抱着倪恒书，并闻到了倪恒书身上有淡淡的香水味，挺好闻的。虽然和他相处了挺长一段时间了，但她对眼前这个人感觉既陌生又熟悉。

倪恒书对于她来说，好像有着谜一样的身世，还有很多她不知道、不清楚的地方，有时候蓝若竹被他吸引着想要去靠近，但又觉得害怕，一直这么反复纠结。

到了家门口，她连忙道谢："谢谢你了，这么累还送我回家。"

"没事的，反正都是同事，正好顺路。不过那天你怎么和郑凯歌一起回来的？你是去他家了吗？"倪恒书很关心地问，可能是他对于他们之间的关系也有些好奇。

"你不用多想，我们就是普通的朋友。不过那天我去他家，发现他居然和张昊天的弟弟张昊飞是高中同学。"蓝若竹对倪恒书解释着，露出了淡淡的微笑，想了想又终于忍不住问，"对于蔡轩的死……你内疚吗？"

"我不知道该怎么客观看待这件事情，他的死我确实有责任，但是我相信这个世界上有轮回和因果报应。"

"轮回、报应？"蓝若竹睁大了眼睛，不懂倪恒书究竟在说什么。或许他还是计较之前蔡轩使唤他的事情吧。

"如果一个人做多了坏事，肯定是要受到惩罚的，不是吗？"倪恒书斩钉截铁地说，没有丝毫的感情。

"好吧，我明白了。那我回家了，谢谢你送我回家。"蓝若竹并没有继续这个话题，而是摆了摆手回家了。

或许有些事情，埋在心里太久了，就像是一颗种子一样，会生根发芽的。

蔡轩的葬礼。

所有人都穿了黑色的衣服，蔡轩的爸爸蔡宏泣不成声。其实他还是很爱自己的儿子的，只是碍于蔡轩是第三者的孩子，没有办法给他更多的关心和陪伴，也必须要隐瞒他们之间的关系。有些事情就成了遗憾，如果开始是错误的，那么就要为这个错误付出更多的代价。

公司里的人站成一排，没有一个人说话。低着头，仿佛都在默哀。

葬礼结束后，大家都陆陆续续离开了现场。蓝若竹看到蔡宏一个人瘫坐在蔡轩的棺材前，便上去关切地问："蔡总，请节哀，是否需要我送您回家？"

蔡宏抬头见站在自己面前的人是蓝若竹，便摆了摆手缓缓地说："不用了，我一会儿让司机送我回去。"

"那您别太难过了，节哀，如果有什么事情需要帮忙就跟我说，我一定会竭尽全力的。"蓝若竹鞠了个躬，不知道该如何安慰，也害怕说多了会打扰到他，于是打算离开了。

"你说，这个世界上究竟有没有灵魂？"蔡宏突然冒出来这么一句，蓝若竹以为自己听错了。

"呃……您为何会这么问？"

蔡宏过了一会儿摇了摇头，接着说："没什么，我总觉得蔡轩走得太突然了，我一直觉得我儿子是比较乐观和开朗的，平时虽然吊儿郎当的，什么事情都不上心，但他不是那种会疯掉的人。也许是我还不够了解他吧，这辈子我是没有办法给他更多的弥补了，也怪我当初年少无知，终有一天是要为此付出代价的。"

蔡宏最后说的那些话，一直回荡在蓝若竹的心中。也许这个世界上并没有不爱孩子的父母，只有没有说出口的爱。也许蔡轩的伤感和遗憾在于，不曾知道有真正爱自己的人。

可是蓝若竹相信，无论怎样，在另一个世界里，总会有人真正爱他。

星期三，新任总经理宣布之日。

董事长助理一大早就来到公司宣布——通过这段时间评选以及考察，公司领导一致决定总经理最终人选为蓝若竹。其实这个结果在大家看来既是意料之外，又是情理之中，毕竟蓝若竹的业绩的确不错，而且还是前任总经理跟前的红人。至于郑凯歌，大家能给予的只有同情。

所有的员工都看着郑凯歌和蓝若竹，郑凯歌的表情从兴奋到最后的失望。

当所有人都散去后，郑凯歌还在看着蓝若竹，很激动地对她说："你……是不是早就知道了？你就是个骗子！我真没想到你居然如此虚伪，当时是不是还想来套我的话？"

"没有，凯歌，你别误会好吗！我也刚知道这个结果。"蓝若竹想要继续解释什么，可也无从开口。郑凯歌早已扬长而去。

董事长助理离开以后，又返回来对大家说："哦对了，我忘记说一件事情，那就是明天咱们会新来一位同事，叫李雍菲。"

"新同事？！"公司已经很久没有来过新人了，也许是因为蔡轩的离去，所以来填补空位。听名字大家猜测应该是个女孩子，很好奇这个女生到底是什么样的人，毕竟是由董事长助理安排的。

今天下班后蓝若竹又是最后一个走的，一出门见倪恒书正坐在公司门口等她。

"已经很晚了，你怎么还在这里等我呀？"蓝若竹很惊讶，但是也能想到是为什么。

　　"我是想和你说说心里话，你今天忙吗？如果不忙的话，咱们可以一起去吃顿饭，我请客。"

　　蓝若竹看了看手机，已经七点多了，今天她要赶去张昊天的家里给他弟弟做饭吃，所以拒绝道："不行，我今天要去给张昊天的弟弟做饭。"

　　"我可以陪你一起去，然后我们再去吃饭。"倪恒书依旧坚持，令蓝若竹没有想到的是他居然会如此执着。

　　看到他如此坚持，蓝若竹不好意思再拒绝，便答应道："那你只能在门口等我，张昊天的弟弟怕生人，我做完饭才能和你出去吃，可能要很晚了。"

　　"没事的，我不怕晚，只要你能跟我待一会儿就好。"

　　他们两个人一起来到张昊天家的小区后，倪恒书在单元门外等着，蓝若竹独自上了楼。可蓝若竹刚离开五分钟，倪恒书就接到了蓝若竹的电话："倪……倪恒书，你快上来，501号，昊飞快不行了，满地的血……好可怕，你快来，快来！"

　　蓝若竹刚打开张昊天家的门，眼前一片漆黑，当然也没有任何声音。她以为是张昊天带着弟弟出去了没有告诉自己，可打开灯映入眼帘的便是一堆玻璃碴子。

　　"昊飞，你在吗？是姐姐，姐姐来给你做饭吃了。"蓝若竹尝试着喊道，无人回应。她拉开了所有的门，都没有找到张昊飞，最后却在厕所里发现了他。可眼前的一幕吓坏了蓝若竹：张昊飞趴在厕所的浴缸前，一只胳膊放在了浴缸里，鲜血染红了浴缸里的小……血滴答滴答地往流，一股浓浓的血腥味，让蓝若竹有种呕吐的冲动。她捂住了鼻子，连忙把张昊天从浴缸里拖了出来。

他居然自杀了。

蓝若竹看见地板上全是玻璃碎片还有零零碎碎的血迹，顿时慌了手脚。镇定片刻，她马上拨打了 120 还有倪恒书的电话，然后从自己的衣服上扯下来布条，用布条包扎住了他手腕上的一道道伤口。

倪恒书接到蓝若竹的电话就跑了上来，马上从蓝若竹的怀里背起了张昊飞，"怎么会这样，他到底怎么了？"倪恒书很焦急地问。

"他这段时间状态一直都不是很好，病情有些恶化了，而且也不愿意再去见心理医生了……我好怕……我好怕，他是不是已经死了？"

"不，不会的，若竹，你别担心。我现在马上背他去医院。"倪恒书表现得还算是冷静。

"我打了 120 了，估计马上就到，伤口我已经包扎好了，我们在小区门口等着救护车，这样会快一些。"

他们刚背着张昊飞到小区门口，救护车就到了。倪恒书背着张昊飞上了救护车，蓝若竹对他说："你先和他去医院，我打个车就来。"

蓝若竹不想耽误时间，因为现在最重要的是要联系到张昊天。

可她怎么也联系不上张昊天，无奈，她只好拨通了王昕的电话，期望他们现在正在一起。

不一会儿，王昕便接通了电话，很小声地问了一句："怎么了，大晚上的有事情吗？"

"王昕，张昊天是不是在你那里？我找他有急事！"蓝若竹直接说。

"在啊，我们两个正在看电影呢。"

"你让张昊天接电话，他弟弟自杀了！现在正送往医院，赶紧过来找我们！"蓝若竹很急迫地说。没想到都这个节骨眼了，张昊天还有心情看电影。

"喂，蓝若竹，到底怎么了？发生什么了？我弟弟怎么了？"

"我给你打了很多电话，你都不接。今天我去给你弟弟做饭的时候，发现屋里没人，在厕所找到了他，发现他割腕自杀了，现在已经送去医院抢救了，就是你家附近那家医院，你快点过来吧。"蓝若竹说完便马上挂断了电话，因为此刻的她再也控制不住，失声痛哭了起来。

她的内心非常难过，觉得自己好像又要失去一个人了，还是自己照顾了那么久的弟弟……她很痛苦，同样也很失望。

发泄完情绪后，蓝若竹马上打了个车到医院，倪恒书正焦急地在抢救室门口踱步。因为背着张昊飞太久了，鲜血也早已染透了他的衣裳。

大概又过了十几分钟，张昊天和王昕终于赶到医院。张昊天一把抓住蓝若竹的肩膀，对她吼道："我弟弟到底怎么了？为什么你不早点去照顾他？如果早一些可能就不会发生这种事情了！你这个女人！你还我弟弟……"

蓝若竹看着情绪失控的张昊天沉默了，但这时的倪恒书却看不下去了，马上把张昊天拉开，拽着他的领子对他说："你自己心里就没点数吗？我看你欺负蓝若竹很久了，你是觉得她好人做得太久了都是理所当然，对吗？蓝若竹联系了你半天，你人去哪里了？和这个女人去看电影了？现在反过来怪她？你弟弟不应该是你照顾的吗？你什么都交给了若竹，你自己到底在做什么？！"

蓝若竹还是第一次看见倪恒书发脾气，她一直觉得倪恒书的脾气比自己还要好，但是没想到他这一次竟然是为了自己。看到这一幕，她被感动了。也许自己真的只是想要被保护而已。

王昕走过来拉开了他们两个，劝道："你们都别生气和着急了，会抢救过来的，昊飞会没事的。"

张昊天耷拉着脑袋，一屁股坐在了医院的板凳上，双手扶着膝盖，"对……都怪我，怪我没有照顾好弟弟。"

又过了五分钟，急救室的灯终于熄灭了，护士和医生们走了出来，对他们所有人问："张昊飞的家属是谁？"

"是我，我是，医生……我弟弟，我弟弟还好吗？"张昊天激动地抓住了医生的手。

"你别激动，病人算是抢救回来了，但是因为失血过多还处在昏迷中。现在要做的就是等他苏醒。但是具体的时间我们也无法保证，也许是三天，也许是一周，更可能是好几个月，最坏的结果可能是永久性昏迷……你们要做好心理准备。"医生说完便离开了，留下他们几人愣在原地。

如果不能苏醒便是植物人，或者最后会演变成脑死亡……哦不，蓝若竹不能接受这样的结果。今天是上任第一天，她实在是太忙了，有很多的事情要去处理，所以她才那么晚过去，但如果自己早离开半个小时，也许事情根本不会发生……蓝若竹自责地想着。

倪恒书握了握蓝若竹的肩膀，轻轻对她说："你别难过了，好歹抢救回来了，也算是万幸。"

"我的错……对不起……"蓝若竹转头对张昊天说，"是你自己来照顾弟弟，还是今晚由我陪着。"

"你走吧，我们的蓝总。"张昊天这话里带着讽刺，字字都扎蓝若竹的心，"知道您忙，还有很多事情要处理，我自己可以照顾好弟弟。"

"那行，那昊飞就交给你们了，我和倪恒书先走了。"蓝若竹说完便拉着倪恒书离开了。这次蓝若竹非常坚决，没有半丝犹豫，就连倪恒书都很惊讶。

到了医院门口，倪恒书试探性地说："若竹，你没事吧？我以为以你的性格会选择留下来继续照顾他。这件事情本来就怪他没有照顾好自己的弟弟，到头来还倒打一耙。"

蓝若竹摇摇头，坐到了医院门口的台阶上，本来想着说点什么，没想到眼泪先流了下来。"我不知道我为什么离开，我也确实知道他们两个照顾不好昊飞，可是我留在那里又能做什么呢？我毕竟是个外人，我什么都不是，在他面前我做什么都是错的，我什么都做不好，可能我连呼吸都是错的。"

倪恒书很心疼，一把抱住了蓝若竹。蓝若竹没有拒绝，躲在倪恒书的怀里哭了很久很久，直到再也没有眼泪。

"别哭了，若竹，我给你讲个故事好吗？也许你听后就会觉得没有那么痛苦了，你现在所承受的一切我都能理解，但是每个人都有自己要忍受的痛苦和隐藏的伤口。"

一转眼便进入了秋天，已经快十一月了，倪恒书和蓝若竹一起坐在医院门口的台阶上，一股秋风静静地吹过他的脸颊，侧脸看起来也是很帅的。如果他不戴眼镜，可能会更好看，起码整体看起来非常秀气……蓝若竹望着倪恒书，默许他继续讲。

"你知道吗，有个小男孩从小与妈妈相依为命，他从来没有见过自己的爸爸，每次他只要一问妈妈爸爸去哪里了，妈妈就不说话。上幼儿园的时候，那些幼儿园的小朋友问他：'你的爸爸呢？为什么每次只有妈妈来接你？'小男孩不知道该怎么回答，因为他一直不知道他的爸爸到底是谁，也从来没有见过他。渐渐地，他没有朋友了，因为那些小朋友都歧视他没有爸爸，不愿意和他一起玩。所以那个小男孩在四五岁的时候就感觉到非常孤独，但是他不敢再去问妈妈爸爸究竟在哪里，因为每次提到爸爸，妈妈的表情非常难堪，或者是会莫名其妙地大发雷霆。男孩很害怕妈妈难过，也就只好躲起来。"

"然后呢？"蓝若竹接着问，她很好奇之后发生了什么。

"后来，又过了几年，小男孩七八岁的时候，他的性格变得更孤僻了，同学都不喜欢和他一起玩，虽然他的成绩还是不错的，在班上是前几名。大约在八岁那年，他的爸爸居然回来找他们母子俩了，这个事情连他妈妈都没想到。后来妈妈和小男孩说，自己是未婚先孕，知道妈妈怀孕以后爸爸跑了，因为爸爸说那个时候没有能力抚养他们娘俩，但是妈妈还是坚持把孩子生了下来。那几年妈妈一直努力工作，家里开了个小卖部，生意不错。但是爸爸回来找妈妈，并不是因为回心转意了，而是因为自己欠的钱太多了，想要妈妈帮他还钱。妈妈也无力偿还那些钱，只好报警把爸爸抓了起来。就这样，邻居们也都知道了小男孩家的情况，知道他有个在坐牢、欠了很多钱的爸爸。"倪恒书说完叹了口气，站了起来，把手递给了蓝若竹，"起来吧，已经很晚了，你该回家了，外面太冷了。"

蓝若竹并没有站起来，而是继续好奇地问："后来呢，那个小男孩又怎么样了？"

"我下次再和你说，已经很晚了，我送你回家。"倪恒书没有再继续讲那个故事，而是坚持送蓝若竹回家。

蓝若竹看了一下手机，确实已经很晚了，只好同意让倪恒书送自己回家。

到了家门口，蓝若竹拉着倪恒书的衣服，淡淡地问了一句："今天你看到血的时候并没有感觉到很慌乱，这是为什么？"

倪恒书没想到蓝若竹居然会这样问自己，说："为什么……因为我曾经看到过满地的血迹，是我妈妈的……"

"什么？你的妈妈？"

"以后有空我再和你说吧，你快回家去吧，今天实在是太晚了，你爸妈该担心了，毕竟你是个女孩子呀。"

"我……女孩子？"蓝若竹在倪恒书口中听到这样的话，眼眶又湿润了。原来在倪恒书的眼里，自己也有被疼爱的资格，可惜在有些人的眼里却没有。

回到家，蓝若竹蹑手蹑脚地把鞋放进了鞋柜里，打算去洗个澡，没想到还是被爸妈听见了。爸爸打开了灯，看了看家里的表，对蓝若竹怒吼道："蓝若竹！这都几点了！你加班也不可能这么晚吧？你一个小姑娘还没有结婚呢，就这样放荡，以后怎么嫁人呢？"

"没有……没有，爸爸，我不是故意回来这么晚的，我没有出去玩，我只是……"蓝若竹连忙解释，不想让爸爸误会自己。

"没有？那怎么回来这么晚？你说说你能去干什么？"爸爸不依不饶。

"哎呀，行了老公，你闺女又不是那样的女孩，你这样说多伤害她的自尊心啊。"妈妈连忙替蓝若竹解释。

"你就知道护着她，瞧被你惯的！现在又知道顶嘴了，我说几句都不行，现在简直无法无天了！"

蓝若竹只是觉得头大，明明自己去救人了，回来却要被爸爸说成这样，心里有苦说不出，但也没有力气再去解释了，便绕过了这个话题，"行了爸。告诉你们一个消息，我升职了，当上总经理了。"

"你……当上总经理了？我没听错吧？我的好闺女！你可算有出息了！小时候我就觉得你是根苗子，很优秀，你果然没有辜负爸爸对你的期待！"爸爸听到这个消息突然转变了语气。

"今天刚上任的，我现在好累，先去休息了，不好意思吵到你们睡觉了。"蓝若竹拿着自己的东西，"啪"的一下把门关上了。

过了一会儿，她隐隐约约听到门外爸爸妈妈说话的声音。

"都怪你，没事瞎说什么话，你闺女是那样的人吗？这么晚回来肯定是有事去忙了。"

"我也是害怕她被不三不四的人给带坏了，没想到我女儿这么争气啊……真的混到了公司总经理……这下我终于可以在同事面前扬眉吐气了。"

"你怎么能用'混'这个字呢？你女儿一直都是很优秀的好吗？"

第二天，蓝若竹一大早就离开家，去了公司。到了公司以后，蓝若竹看到了一个陌生的背影正背对着自己。

或许这个女孩就是那个新来的吧，蓝若竹猜测，从背影看，蓝若竹就觉得这个女孩肯定很漂亮，那又长又直的头发不禁让人羡慕。

蓝若竹咳嗽了一声，那个女生闻声转过头来说："您好，我叫李雍菲，新入职的同事，请多多关照。"

这个女孩年龄并不大，蓝若竹看过她的简历，今年23岁，刚刚大学毕业，言语中也能感觉到她比较清纯，对于很多事情都比较懵懂。她的眼睛大大的、圆圆的，鼻子很小巧，嘴巴也像樱桃一样，皮肤很白皙，整个人看起来很有精神也很干净，讨人喜欢。她和王昕的美是不一样的，王昕的骨子里有一种野性的美，而眼前的李雍菲便是一杯白水，让人不忍心伤害。

"你好，我是蓝若竹。以后这个位置就是你的了，你记得每天上班打卡，不要迟到，也不能早退，遵守公司的规定，有任何不懂的事情问我或者是倪恒书都可以。"蓝若竹说。

李雍菲一听名字便知道面前的人是总经理了，说："好的，蓝总，我今后肯定会努力工作的。"

"好好干。"说完，蓝若竹便回到了自己的办公室。

紧接着，公司的职员都陆陆续续地到了，王昕替张昊天请了假，他打算先在医院照顾张昊飞，蓝若竹点头答应，并没有询问什么。

不一会儿，蓝若竹见到倪恒书便对他说："这些是今天他们要阅读的材料，麻烦你帮我给他们送过去。"

"好的。不过我今天给你带了东西，你有兴趣看看吗？"倪恒书对蓝若竹淡淡地笑道。

"什么东西呀？"蓝若竹好奇地问。

此刻倪恒书从背包里掏出来一根羽毛笔，对蓝若竹说："这个礼物虽然并不贵重，但是是我精挑细选的，你看上面有一个笑脸，就是让你时时刻刻保持好心情的。"

蓝若竹看着这根"微笑笔"，心情瞬间好了不少。

等倪恒书走后，她突然想："总之生活还要继续，相信一切都会好起来！"于是便召集大家都到会议室，昨天第一天上任没来得及给大家开个会，但今天要把很多事情交代清楚。

大家陆陆续续都到了会议室，而王昕拿着口红、镜子就进来了，左照右照，嘴里直说对今天的妆容不够满意，一副吊儿郎当的样子。

"咳咳。"倪恒书咳嗽了一下，对王昕说："王昕，咱们得开会了，麻烦你先把化妆品放下吧。"

王昕便把镜子扣上了，缓缓地对倪恒书说："哟，倪恒书，你是好不容易等到蓝若竹当了总经理，有靠山了就狗仗人势了吗？咱们蓝总还没说什么呢，你有什么资格呢？"大家都没想到王昕会这么说，字字带着讽刺。

"王昕，倪恒书说得对，你作为老员工确实是要给新来的员工做好的示范，否则我们这个公司风气不正，大家的业绩也都上不来。你若是这个态度，那么趁早离职算了！"蓝若竹义正严词地说。

王昕瞪圆了眼睛盯着蓝若竹，"是是是，蓝总您可以开始说话了。"

"嗯好的，那我们就开始今天的会议了。首先我要向大家介绍一下我们新来的同事，她叫李雍菲，刚刚大学毕业，请大家以后都照顾好她。第二件事情，就是倪恒书今天转正了，以后他不仅是我们公司的正式员工，也是我的个人助理，请大家不要再随意使唤他了。"蓝若竹说完这些，便拿出了一个表格，接着说，

"这个表格上记录了所有人上个季度的考核成绩，排名比较落后的人留下来，剩下的人可以去忙了。"

蓝若竹话音刚落，就见大家在窃窃私语，她知道，大家无非就是说她蓝若竹"新官上任三把火"，她堵不上大家的嘴，但她该做的一样都不能少，所以她不能再像之前那样在意别人的看法了。毕竟她坐上了这个位置，今后的目标就是把公司上下打理得更好一些。

其实这个世界上的人都在为自己活着，你也要如此，不要为了某个人而活，世俗的眼光并不重要，压力都是自己给自己的。

第五章　上任

〜〜〜〜〜〜

　　自从蓝若竹当上了总经理，周围同事的态度也慢慢发生了改变。不过这一切也是在蓝若竹意料之中的。

　　郑凯歌便不怎么理会她了，每次蓝若竹主动跟他说话，郑凯歌便有一搭无一搭地敷衍她。而且，郑凯歌也不再如从前那般努力了，他可能是觉得自己再努力也没有什么结果，所以感觉无所谓了。每天，他把自己手头上的事情做完以后，就回家去了，根本不会加班，对客户也是有些爱答不理的，甚至遭到了好几次投诉。不过蓝若竹也释然了，既然郑凯歌更看重他自己的利益，那她也不用太在意与他之间的感情。

　　而张昊天则每天公司、医院两头跑，与蓝若竹的私下联系也越来越少，也没再提出让她继续照顾张昊飞的无理要求。

　　自从倪恒书转正以后，那些之前对他不怎么尊重的人都不太敢继续使唤他了，可能是碍于蓝若竹的面子，不过他还是坚持帮他们收拾整理各种文件，给他们倒垃圾。每次蓝若竹都会提醒他："你可以不用做那些杂七杂八的事情了。"

"若竹，你要知道，这些事情我不做他们就会去使唤李雍菲的，我不想她跟我一样，毕竟她是个小女生，什么都不懂。"

"你真是想得很周全，我从未见过像你性格这么好的男生。"蓝若竹摇摇头对他微笑着说。

下班后，大家都陆陆续续地离开了，但蓝若竹并没有。这两个多月来，她一直都最后一个离开公司，有时候是真忙，有时候是想给大家做一个表率，至少让大家认可自己的工作态度。

"蓝总，有什么需要帮忙的吗？我可以帮帮忙，你也早点回家。"李雍菲很关切地对蓝若竹说。

近来，李雍菲和蓝若竹的关系也越发好了，大家都说李雍菲故意讨好蓝若竹。但在蓝若竹看来，李雍菲很真诚，她也相信李雍菲是一个负责任的女孩子。

"那……好吧，谢谢你。"蓝若竹也觉得很疲惫，升职快两个月了，都没有怎么休息过，害怕一旦懈怠就会出现问题，每天都提心吊胆的。

在李雍菲的帮助下，蓝若竹很快完成了当天的工作，两人一起走出了公司。

刚走出公司门口，蓝若竹的电话便响了起来，是张昊天打来的。她看着手机，犹豫是否要接听。

"怎么了，张昊天？你又想做什么？"蓝若竹对张昊天开始有了戒备心。

"不好意思，打扰你了。前几天在医院和你说的那些话，我很抱歉……确实是我一时冲动了。我今天……和王昕吵架了，我现在得去找她，她最近情绪不是很稳定，你可以来医院帮我照顾一下弟弟吗？就算我求你了。”

“行吧，你去吧。”

蓝若竹想到张昊天给自己打电话肯定是要找自己帮忙，自己的确也很久没去看过张昊飞了。不是因为她不够想念，而是她觉得这一次的事故她有责任，她很害怕面对，所以才选择一直逃避。

无奈之下，本来想休息的她只好直奔医院。到了医院，看见病房里张昊飞在熟睡。不过他睡得很香甜，感觉好像睡觉可以让他忘记烦恼，或者是得到暂时的解脱。

蓝若竹一直觉得，一个人在非常绝望的时候才会选择自杀。也许张昊飞的内心是真的很苦，否则也不会走上这条绝路。她望着张昊飞熟睡的面孔，心里很难过，但是也替他觉得解脱。因为最艰难的日子都是蓝若竹陪伴他度过的，蓝若竹知道张昊飞的恐惧和心理的脆弱。

蓝若竹打来了水，替张昊飞擦拭了身体，想替他洗得干净一些，她很害怕张昊天和那些护士们照顾得不周。但就算是张昊飞现在躺在病床上，他的妈妈和爸爸仍然没有出现，也许他们真的是不在意他们的死活了，或者是选择性遗忘了他们兄弟俩，也真的是太可悲了。

刚坐下没多久，蓝若竹就撑不住了，眼皮一直在打架。她最近确实是太忙太累了，很久没有好好休息过了，现在的她只想回家好好休息。所以她和护士说了一声便准备回家了。

临走前，她居然听到了张昊飞喃喃自语道：“不，不要……我害怕……”原来在梦里，他依旧是恐惧的。

蓝若竹叹了口气，交代好护士一定要照顾好自己的弟弟，便转身离开了病房。冷风吹到身上，她抱紧了自己的身躯。也许熬过了秋天和冬天，便能春暖花开。可是张昊飞的春天，真的可以到来吗？

一路上蓝若竹想了很多，想到了她第一次见到张昊飞的情景。那个时候的张昊飞才十七岁，他们第一次见面是在一个游乐场。因为张昊天说弟弟想出去玩，于是就把他带到了蓝若竹面前，接着自己却跑到网吧去玩游戏了。本来以为是三个人的约会，却变成了自己和弟弟的约会……蓝若竹也是哭笑不得。

蓝若竹和张昊飞都是腼腆的人，第一次见面也不知道该说些什么，有些尴尬。张昊天也没有跟自己说张昊飞患有抑郁症，只是说弟弟性格有些内向，让她多照顾些。

两个人一起走在游乐场，却相对无言。蓝若竹鼓起勇气说出了第一句话："弟弟你好，我叫蓝若竹，我是你哥哥的女朋友，以后可能我们要相处的日子会越来越多，希望你有心事也可以跟我讲，我很愿意和你成为好朋友。"

"呃，我知道。"张昊飞还是显得有些羞涩，不怎么爱说话。

"那你想玩哪个游乐设施呢？姐姐陪你一起玩。"蓝若竹对张昊飞发出邀请，"你看旁边那个旋转木马还挺好玩的，排队的人也不多，不如我们去那里玩吧！"

"好呀，我很喜欢旋转木马，我第一次来游乐场，以前都没来过。这次终于有人可以陪我一起了！"张昊飞高兴得像个孩子般天真地笑着。

她带着张昊飞一遍一遍地玩着旋转木马，这一切就仿佛还发生在昨天一样，令人难以忘怀。

他还告诉过自己，最喜欢的东西是气球，最喜欢吃的是冰激凌，最喜欢玩的游乐设施是旋转木马，这些东西刚好游乐园里都有。不知道张昊飞的梦境里，是不是也有游乐园呢？

　　回到家里，看到爸爸妈妈给自己准备了饭菜。蓝若竹第一次感觉到了家的温暖，也许是自己矫情了，毕竟在当上总经理之前，爸爸一直都看自己不怎么顺眼。但当上总经理以后，他的态度发生了180度的大反转。

　　"爸爸妈妈，我回来了。"

　　"若竹，你可回来了。你今天是不是依旧很忙呀，爸妈都做好饭菜一直在等你呢。"妈妈从房间里走了出来，对蓝若竹说，"你赶紧去洗个澡吧，爸妈等你一起吃饭。你升职后，我们还没来得及给你庆祝呢，我看你和你爸爸一直都挺忙的，今天大家终于有时间聚到一起了。"

　　蓝若竹的眼眶有些湿润了，一下子扑到妈妈的怀里对她说："妈妈……你说死亡是不是一件很恐怖的事情……到底人离开以后会变成什么样呢？"

　　"什么？傻孩子你在说什么？你最近都经历了什么呀？不如你和妈妈说一说，让妈妈也知道知道。"蓝若竹的妈妈困惑地问。

　　"自从师父死了以后，我身边的人接二连三地发生意外……"

　　妈妈紧抱着蓝若竹安慰她："没事的孩子，人各有命，咱们只要内心是纯粹的，问心无愧的，就不怕。"

　　睡觉之前，蓝若竹的手机响了一声，看了一眼是倪恒书发来的短信：若竹，最近我虽然没怎么和你说话，但能够隐隐约约感觉到你的心情并不好。其实这个世界上的人都在为自己活着，你也要如此，不要为了某个人而活，世俗的眼光并不重要，压力都是自己给自己的。

她看了看，眼眶有些湿润了。

紧接着她回了个谢谢，然后睡觉去了。

第二天蓝若竹到了公司以后，就发现有点不对劲。她看到李雍菲第一个到了办公室，却坐在椅子上一言不发，于是就问："雍菲，有什么事情发生了吗？"

李雍菲看到蓝若竹来了，便转过头来看着她，却吓了蓝若竹一跳。她的眼睛肿成了杏仁，双眼通红，嘴唇也有些发白。

"若竹姐……我一大早上到办公室，就看见自己桌子上的东西都被人砸坏了，杯子因为是玻璃的碎了一地，很多不重要的文件也被人撕坏了……还有就是，我的工作服也不知道被谁给剪坏了，麻烦您再给我拿一身新的吧。"

"怎么会这样？你知道是谁做的吗？实在不行我让安保部门的负责人看一下监控，绝对不能让你受这种委屈。"蓝若竹听到这些感觉很震惊，怪不得李雍菲的神情十分不正常。

"我不敢说……我毕竟是新来的，很害怕得罪别人。"李雍菲委屈极了，眼泪噼里啪啦地掉了下来，"可是……我真的不知道自己到底做错什么了，我已经很努力在满足别人对我的要求了……"

蓝若竹连忙安慰她："你去查一下监控，然后告诉我是谁，我给你撑腰，有任何问题都可以当面解决，砸东西这个事情实在是太严重了！这个很影响公司的正常发展和运作，被我知道是谁的话，这个月的工资就别要了。"

"我觉得是王昕，肯定是她。我来了以后她好像就看我不顺眼，我也不知道到底哪里得罪她了。"

蓝若竹想，昨天张吴大说他和王昕吵架了，而且王昕最近的情绪不是很稳定，这一切可能是有关联的。李雍菲查完监控发现，果然，东西是王昕砸的。

同事们都陆续到齐了，却始终没有看见王昕，于是蓝若竹只好问张昊天王昕去了哪里。张昊天摇摇头说："我昨天找了她一整夜，没有找到她。"

"那你知道她为什么要砸坏雍菲的东西吗？"

"这……我也不太清楚。我只是觉得她最近精神确实是不太正常，好像变了一个人。她最近总和我说，觉得我不爱她了，出轨对象是李雍菲……我自己都觉得很可笑。"张昊天有些崩溃地笑了笑，"我都不知道到底发生什么了，她为何会这样觉得。"

"还有这种事？她或许是过度敏感？"

张昊天闭上眼睛缓缓叙述道："其实也没什么，不过就是有一天早上李雍菲觉得不舒服，我就问她怎么了，需要帮助吗，她说是大姨妈来了肚子疼，就让我去附近的超市帮她买一下止痛药。我买回来要递给她的时候，刚巧被王昕看见了，我想从那个时候开始她们这个梁子就算是结下了。之后她就各种找我和李雍菲的麻烦，不停地和我吵架，说我不爱她了……"

原来是这样。蓝若竹终于懂了为什么王昕这两天这么情绪化，问她怎么了她也不说，而且到现在人还消失了，也不和人事部请假，原来是吃醋了。在蓝若竹看来，正因为张昊天是王昕"抢"来的，所以她更在意这方面的事情吧！

"这可能就是个误会，我觉得王昕肯定是想太多了，解释清楚就好了，否则一直这样也不是办法。"蓝若竹对张昊天说。

"谢谢你若竹，还是你更善解人意，王昕的性格太泼辣了，只要不合她的心意，她就能喋喋不休一整天，真是令人头疼，和你比起来真的差太多了，还是你温顺乖巧。"

呵呵，温顺乖巧，自己是小动物吗？对于张昊天对自己的评价，蓝若竹觉得没什么可说的，"那我去忙了，如果你有王昕的消息记得告诉我。"

"等等。"张昊天突然对蓝若竹说，"你有没有觉得王昕其实精神本来就有些不正常？交往后，我慢慢发现这个女人好像……"

"好像什么？"蓝若竹有些不解地问，"你到底想说什么？"

"没什么，可能你也不知道吧。"张昊天把头低了下来，摇摇头，示意让蓝若竹去忙。

到了下午一两点的时候，王昕来上班了。碰巧碰到蓝若竹正在前台处理事情。王昕的情绪不是很好，头发散乱着，也没有化妆。

"王昕，你终于回来了，今天不太舒服吗？"蓝若竹直接问她，"你跟我来办公室一趟，我和你说点事儿。"

王昕看了一眼蓝若竹，眼神很空洞，见蓝若竹跟自己说话便下意识地点了点头，跟着她进了办公室。

蓝若竹给王昕倒了一杯热水，让她坐下来，接着对她说："你到底怎么了？为什么要把李雍菲的东西都砸了？你这样很影响同事关系。工作归工作，一定不能把个人的情绪带进来。"

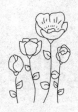

有些事情本身与生死无关，而压死骆驼的最后一根稻草，不过就是那些止不住的流言蜚语。

第六章 离开

王昕摇摇头，直接抓住蓝若竹的手，直视着她的眼睛，对她说："若竹，不是这样的。你听我说……"

蓝若竹被王昕吓了一跳，因为她一直觉得她们的关心已经恶化到不能再和平共处了，没想到这次王昕居然要和她说心里话。

"若竹，我真的觉得张昊天和那个新来的女人有一腿。他肯定是喜欢那个女的，有一次我去了一趟厕所，刚出来就看见张昊天给那个女的买了一堆吃的，然后还跟她聊天。哦对了，还有一次，就是我自己在家的时候给张昊天打电话，怎么打都打不通，发短信他也不回。大概过了两三个小时才理我，我问他去干吗了，他说他在睡觉没看手机……我就觉得很不正常，你说他是不是陪着那个女的出去玩了？"王昕惶恐不安地说，好像她把李雍菲当成了假想敌一样。或者说，王昕的这些想法都是真的，只是还没有被证实而已。

"王昕……"蓝若竹直视着她的眼睛对她说，"我认为你说的这些是猜测，就算都是真的，你无缘无故地旷工，还砸坏人家的东西就是你不对了……"

"我旷工是因为我最近的情绪很差，我控制不住自己的脾气。不过……我砸东西又怎么了？你不觉得李雍菲罪有应得吗？"王昕故意说得很大声，就是为了让外面的人听见。

"你别这样，小声点好吗？那这样吧，我给你开一周的假，你好好回去休息几天。"

蓝若竹和王昕从办公室里走了出来，王昕径直走到李雍菲的面前对她说："你别以为张昊天喜欢你，他是我的，永远是，你想都别想。"

李雍菲盯着王昕，紧接着眼泪从眼角流了出来，"我和他什么都没有，你可以去问他，但是你有必要把我的东西都砸坏吗？还有我写了很多天的报表……"

张昊天见状走到她俩的身边，一把拉过王昕对她说："你能不能不要给我找事儿了，这么多同事都看着呢，我那天不过是去超市帮她买个东西，我俩真的什么都没有。我弟弟的事情已经很让我烦心了，你能不能别闹了……"

王昕甩开了张昊天的胳膊，很笃定地对他们两个说："你们两个给我等着，要是真有事情有你们好看。"说完便转身离开了公司。公司里所有的职员都像是在看热闹一样站在原地看着他们。

张昊天一屁股坐在椅子上，深深地叹了口气，"唉，真是烦，为什么这么多事情，我是不是就不该和王昕好？"

蓝若竹淡定地看着他们，也不知道这到底闹的是哪出，觉得非常奇怪，为什么王昕突然就把李雍菲看成了自己的情敌？真是一波未平一波又起。

"行了，大家都散了吧，别看热闹了，都去好好工作。"蓝若竹对周围的所有人说，然后握住李雍菲的肩膀，"你也别难过了，把眼泪擦擦，清者自清，没有必要往心里去，她说她的，你做你的，不要在意别人的眼光和看法，那样活得很累。"

李雍菲看着蓝若竹点了点头，用手擦拭了眼泪，"没事的，蓝总，您放心吧，这些小事情是打不倒我的，更何况我真的什么都没做。"

蓝若竹知道李雍菲不是那种矫情的女生，虽然长相很秀气、很好看，但是内心还是很强大的，只要心中认定了，无论别人说什么都没用。蓝若竹觉得自己和她的脾气还是很投的，也许是看到了曾经的那个自己吧……更或许那是她曾经最想要成为的样子。

倪恒书抱着一大堆文件对蓝若竹说："若竹，这些文件你都要审批一下，比较多。我看这都已经四点多了，我可以帮你一起，否则你晚上又不知道要加班到几点了。"

蓝若竹接过那些文件点点头，能让她觉得安心的人就只有倪恒书了，他就好像是在一大片汪洋里唯一漂泊的小船，能够让她暂时停靠。

"唉，估计咱们那个拍摄的事情要泡汤了。蔡轩不在了，本来申请延期了几个月，想挑选其他人补上，可现在王昕又精神不太稳定，咱们公司最近到底是咋了？总公司交给我的事情，我可能一件都完不成了，又要重新写规划。"蓝若竹对着倪恒书抱怨。

"你也不用担心太多，有我陪着你呢，毕竟这些事情也不是我们能够控制的。"

　　大概到了晚上八九点，蓝若竹终于把一大堆文件都审批完了。蓝若竹伸了个懒腰，对倪恒书说："谢谢你了，这些日子在我难的时候都是你陪着我。"

　　"不用跟我客气的，是我应该感谢你，若竹……我总觉得你和他们每个人都不一样，你很特别，和我之前见过的女孩也都不太一样。你很有礼貌，也很强大，我很羡慕你。"

　　"那天你和我讲的故事，可以继续吗？我很好奇后来发生了什么，那个小男孩后来又怎么样了。"蓝若竹很想知道故事后来是什么样的。

　　"原来你对这个故事这么感兴趣啊，那我继续和你讲，以为你已经忘记了。"倪恒书把戴着的眼镜摘了下来，揉了揉太阳穴，"后来那个小男孩的妈妈害怕因为爸爸的事情影响了他的成长，而且也惧怕周围邻居的议论，于是被迫带着小男孩离开了他们一直生活的地方。有些事情本身与生死无关，而压死骆驼的最后一根稻草，不过就是那些止不住的流言蜚语。

　　"他们来到了大城市。这个城市是小男孩从来没有来过的。小男孩的内心此时已经很压抑了，他觉得这个世界上没有任何人喜欢他，或者是愿意和他做朋友，他对任何人都有种疏离感。其实他的内心并非不想交朋友，而是没有勇气和认识的人说一句'你好吗'，或许是因为他觉得自己配不上身边的任何人。直到初中，小男孩的学习成绩依旧很好，妈妈也给他找了个继父，继父对他们是挺好的，还会给他们钱花，还有大房子住，而妈妈再也不用辛苦打工，赚那一点点房租了。"

"那不是挺好的吗？小男孩的生活也终于进入了正轨不是吗？"

倪恒书看了一下蓝若竹，自嘲地笑了笑，"小男孩和他的妈妈曾经也是那样认为的，但是他们太天真了。继父酗酒，刚开始喝完酒就只是骂人，后来过了一年就开始变本加厉了，他不让妈妈出去上班，但是又怪妈妈和小男孩总是花他的钱，于是开始打小男孩和妈妈。妈妈每次都用身体护着小男孩，害怕小男孩被继父打坏了。就这样又过了两三年，妈妈有一天对小男孩说：'孩子，妈妈对不起你，这些年一直没有给你一个好的家，如果今天能够偿还给你，那么我这么做也是值得的。我的人生不能重来，但是你可以的，这个信是给你的，你明天早上再打开看，妈妈永远爱你。'"

倪恒书说完这些话突然停住了，其实蓝若竹早就猜到了那个小男孩就是倪恒书，但是每当倪恒书在说自己经历的事情时，就好像是个局外人。他有时候根本分不清楚那些到底是自己曾经经历过的伤害，还是只是做了一场噩梦，梦醒了人便结束了。

"你怎么又停住了，不继续说了吗？"

"嗯，今天太晚了，我送你回家吧，过两天再继续和你讲。"

"你真是讨厌，总是卖关子。我想听后来怎么样了。"

"有些事情不能太着急了。"

蓝若竹刚和倪恒书从公司走出来，手机铃声就响了起来，定睛一看，是李雍菲打来的。"喂，怎么了雍菲？这么晚什么事儿？"

"蓝总……快救我，我就在公司附近的那个胡同里……"

倪恒书也听到了电话的内容，便拉着蓝若竹向胡同跑去，"我觉得她应该是遇到什么事情了，才找你求救，而且她也知道今天你加班，能够最快找到她。"

到了李雍菲说的胡同口，里面黑漆漆的，他们只好打开了手电筒照明。走了大概一两分钟，隐隐约约听到有人在说话，那个声音似乎是王昕的，"你别觉得会有人来救你，就算有也不会这么快。咱们的恩怨得今天做个了结，我今天就要把你的脸刮花，看你还怎么勾引男人。"

"够了！"蓝若竹和倪恒书突然出现在她们的面前，吓了王昕一跳，手上的刀掉落到了地上。只见王昕把李雍菲捆在了一个角落里，手拽着她的头发。周围都是一些垃圾和瓶瓶罐罐，一股恶臭弥漫。王昕看清来人以后，气急败坏地嘶吼道："你们到现在还要维护她吗？"

蓝若竹赶紧跑过去给李雍菲解开绳子，抱住她的头说："不怕啊，我带你回家。"紧接着把她从地上拉了起来，然后转过头对王昕说："你不要再做这些伤害别人的事情了，你犯法了知道吗？今天还好什么都没有发生，如果再有下一次我们一定会报警！"

倪恒书和蓝若竹架着李雍菲离开了那个胡同，留王昕一个人在后面。当他们走到胡同的出口时，却听到了王昕再一次嘶吼的声音："啊……为什么……为什么……为什么都这样对我……"

王昕望着他们三个离去的背影，好像自己被全世界抛弃了一样，内心充满了绝望。

蓝若竹看了看倪恒书，在他的耳边轻声说："你不觉得王昕的精神也越发不正常了吗？好像和之前的蔡轩如出一辙。"

倪恒书听到蓝若竹的话，只是紧闭着嘴什么都没说，反而是

被隐藏的伤口

李雍菲很好奇地问："蔡轩是谁？你们到底在说什么？"

倪恒书并不想谈论这件事情，便说："没什么，你赶紧回去休息吧。"

他们扶着李雍菲上了出租车，但她却抓住了蓝若竹的手，说："若竹姐，我不想回家，麻烦你找个酒店可以吗？我害怕这样回家我爸会担心。"

"那……也行，我找个我家附近的酒店吧，倪恒书你先回家吧，有我在没事的，我会照顾好她的。"

蓝若竹扶着一瘸一拐的李雍菲到了附近的一家酒店，她让李雍菲先去洗个热水澡冷静一下，然后出来给她处理伤口。

李雍菲很坚强地点点头，然后走进了浴室。过了大概十几分钟，李雍菲出来了，蓝若竹看着李雍菲的可怜状，立马把她抱进了怀里，对她说："你别怕，我今天晚上都陪着你。"

"没事的若竹姐，我不怕。只是这一次又一次的，影响也不好，都因为我，大家都不能好好工作了。"李雍菲拿毛巾擦拭着自己的头发，不小心碰到了肩膀上的伤口，小声地叫了一声，"哦……好疼。"

"你忍一忍，先别乱动了，让我看看你的伤口，要不然一会儿感染了就不好了。"蓝若竹拿着红药水还有纱布，小心地帮她包扎着。

"谢谢你，如果不是你们及时赶到，我可能要毁容了，现在想起来还是感觉有些后怕。"

"你为什么会给我打电话？"蓝若竹心有余悸地问。

"因为……我知道你现在肯定还在加班，如果我打110，警察估计还要问我详细的地址，我知道你能最快找到我。"

"你真的没有喜欢张昊天吗？"蓝若竹一边帮她包扎伤口一边很困惑地问。如果真的什么都没有做，为何王昕一次又一次地这么针对她，这次甚至想让她毁容。

"我发誓！我真的什么都没有做，我真的不喜欢张昊天，如果我做了什么事情，就天打雷劈，五雷轰顶！而且……我心里早就已经有喜欢的人了，只是他还不知道而已……"蓝若竹第一次看到李雍菲这么着急，也许她真的是一个单纯又直率的小女孩。

"你喜欢谁呀？"蓝若竹好奇地询问。

"现在还不能告诉你，因为我还没有跟他表白呢。"

"好吧，我相信你，我知道你不是那样的人。可你今后打算怎么办？如果你想要报警或者是打官司的话我都会支持你的。"

"我……"李雍菲抿了抿嘴唇，强忍着疼痛对蓝若竹说，"在来酒店的路上我一直在想这个问题，如果我今后继续在浦升上班的话，估计还是会受到王昕的攻击，除非她离职了……可是我很在意这份工作，你让我再好好想想吧。"

蓝若竹想着这一晚上大家都很累了，就说："那咱们今天就先休息吧，什么都别想，所有事情都留在明天再说！"

她们两个人躺在一张床上。尽管没有睡着，但李雍菲一直都没有说话。蓝若竹说："雍菲，你真的还挺坚强的。你比以前的我要坚强很多，我以前因为一点点小事就能哭很久。我记得曾经有一次我被同班的同学给欺负了，她把我最喜欢的书给弄坏了，但是我没有告诉老师，她也没有向我道歉。回到家里，我终于忍不住哭了出来。后来我妈妈就告诉我，我不能这么软弱，如果遇到问题一定要及时解决，一定要以其人之道还治其人之身，但是必须是在别人先得寸进尺的情况下。于是第二天我鼓起勇气，让那个女生向我道歉了。我因为这件事情变得更加坚强，我知道自己不能够再软弱和退让了。"

"其实我并不是有多么坚强，以前尽管爸爸很少陪伴我，但他一直都很呵护我，我就像温室里的花朵一般，没有任何人敢欺负我，这是我第一次进入社会，第一次独立，没有任何人的陪伴和呵护。只是我知道自己最想要什么，我愿意为了我想要的留下来而已。"李雍菲平静地说，"其实从小到大爸爸都挺惯着我的，我也从来没有受过这样的委屈。只是我想要的，必须得到。没有得到之前，我是不会离开的。"

此时的李雍菲陷入了回忆里。在回忆中，爸爸一直让保姆照看她，每天送她去上学。而爸爸一直忙于工作，身边的女人很多，但是唯一的女儿却只有自己。每次她都问爸爸："爸爸，我的妈妈在哪里呢？我很想她。"

"你的妈妈……你的妈妈是一个大美女，长得很漂亮，可惜年纪轻轻的就……"

原来李雍菲妈妈是得了重病去世的。可是李雍菲却觉得妈妈一直守护在自己的身边，并没有离去。

不管怎么样，她爸爸一直都对她很好，她想要什么都会给她，在吃、穿上从来不会亏待她，当然除了花时间陪伴她。

周围的人都很羡慕她，可惜她最想要的只有妈妈。

……

虽然蓝若竹并不知道李雍菲口中"想要得到的"是什么，此刻她只觉得这个小姑娘可以为了自己想要的委曲求全，这或许也可以证明她是一个非常有毅力的人。

凌晨五点，蓝若竹的手机铃声便响了起来，还在迷糊中的蓝若竹摸了半天终于摸到了手机，"喂……"

"我弟弟刚刚走了，医生刚宣布抢救失败，他的心脏已经停止了，你可不可以来一趟医院，帮我处理一下后事。"电话那头传来了张昊天低沉的声音。

蓝若竹"腾"的一下坐了起来，这一消息就好像是晴天霹雳，让她猝不及防。

她不敢相信这个事实，她希望现在的自己还在梦里没有醒来，但是，听到外面雷电交加的声音时，她心里明白，人是真的已经没了。

蓝若竹随手拿了一件衣服，看了看此刻正在熟睡着的李雍菲，也不好意思打扰她，便给她留了一张纸条：你好好休息，我有事情先走了。

明明该下雪的天气，却飘着大雨，这天气和蓝若竹失落的心情正好形成了呼应。原来有些东西当你拼命想要留住的时候，到最后不过是一盘散沙，抓不住的，就算你想要去抓，还是会从手指缝里流走。

这一路上蓝若竹的心情非常沉重，她不知道该怎么面对张昊天，以什么样的身份和心情。还有昨天王昕的事情，她也不知道是不是该告诉和提醒张昊天，让王昕不要再继续乱来。在这个节骨眼上，仿佛所有本该轻松的事情都变得不安和困难。

到了医院，蓝若竹疯狂地跑到了急救室，就是为了见张昊飞最后一面。说实话，最起码与他们兄弟俩朝夕相处了这么多年，还是有感情的。张昊飞对于蓝若竹来讲就像是自己的亲弟弟一样，无论自己和张昊天的关系如何，这种感情是变不了的。

"你来了。"张昊天看着蓝若竹很平静地说。蓝若竹没想到张昊天居然是平静的，没有任何波澜的。

"弟弟他人呢？他现在在哪里……"蓝若竹握着张昊天的肩膀摇晃着，激动地说，"我要见他，我要见他，最后一面……"

"他早上四点多已经宣布死亡了，我怕打扰你休息一直没敢给你打电话。现在他就在太平间，我们作为他的亲人，都应该去见他最后一面，你说对吧？"张昊天看了看蓝若竹，接着拿出了一个日记本，"这个日记本是我弟弟临终前一直在梦里念叨的，后来我翻箱倒柜地找了出来，他在这里记录了很多事情……但是我没想到你竟然怀过孕，为什么不告诉我？"

蓝若竹愣住了，她没想到这件事情终究还是被张昊天知道了。说出来又如何，知道真相又如何，感情已经不存在了。

事已至此，有些事情再也回不到最开始了。我们都以为只要尽力了就能获得自己想要的，但其实有些事情根本不在我们的控制范围里。

"如果我告诉你了，能改变什么呢？"蓝若竹努力在控制着自己的情绪，但是泪水还是在不停地往下滑，就像是无穷无尽的水滴一样一直在坠落。

"你告诉我的话，我就会娶你做我的妻子，而你不应该选择逃避和独自面对。"

"你这句话好像在施舍，张昊天。你选择了背叛我，有些事情终究没如果，不是吗？"所有的故事已经发生了，事情也是张昊天自己做的，和王昕在一起也是他最后的选择。蓝若竹不敢想象如果倒退到半年多前，这一切又会是怎样的。她此刻只觉得张昊天的话万分可笑，自己都能哭着笑出来。

张昊天沉默了。

蓝若竹不明白为什么到最后这些话才说出口，不过为时已晚了。有些事情既然已经发生了，那么就让它跟着这场大雨一起结束吧。

蓝若竹跟着张昊天来到了太平间，他们泣不成声。张昊飞走的时候是很安详的，脸上挂着微笑。这一切都像是美好的开始，紧接着美好的结束，在这个世界上不留下任何遗憾和痕迹。

"也许这对于他来讲是种解脱，他心里的伤口真的太深了，我们旁人或许无法理解他所承受的是什么。"蓝若竹拍了拍张昊天的后背安慰道，"张昊天……我很想知道他被校园霸凌的那一天，你在哪里？为什么至今都没有查到哪个同学是主谋？"

"那天我正在外地，还是老师给我打电话通知我的，我马不停蹄地赶了回来。至于学校的态度你也知道。不过，你以为他的抑郁仅仅是因为校园暴力吗？不，不是……那只是后来的诱发而已，很早之前，他救过我，否则可能现在躺在这里的人就是我了。"

"你……你在说什么？"蓝若竹睁大了眼睛盯着张昊天，难道他们兄弟俩还有她不知道的过往？

"你知道为什么我的父母到现在都没有出现吗？因为他们都是恶魔，他们绝对是这个世界上最可怕的人。我们两个从记事开始就生活在姥姥家，我的妈妈因为嫌弃我们两个是拖油瓶、影响她嫁人，所以根本没有回来见过我们。我的爸爸，他有一次要约我们出去吃饭，那天我正在发烧，整个人没有力气，弟弟就说自己去见一面好了，让我在家里好好休息。后来到半夜了他都没有回来。我跑出去找他，却发现他坐在楼下一个人抱着自己的身子发抖，他被打得遍体鳞伤，身上几乎没有一处好的地方。找抱着他问他发生了什么，弟弟说见到了爸爸，但是没想到爸爸竟然什么都没说就打他，他求了爸爸好久才被放出来。"

"什么……怎么会这样？你父亲怎么会做出这样的事情？"蓝若竹有些不敢相信。

"我也一直不理解，爸爸为何一直不找我们，好不容易来找我们，却做出这样的事情，简直禽兽不如。从那个时候开始弟弟就有些抑郁了，以前很阳光的他慢慢变得不爱说话了，他会反复去想那天的事情。直到上了高中，他又被同学欺负，就更加恶化了，才变成现在的这个样子。他的一生简直太苦了，如果那天去见爸爸的人是我，或许他就不会经历那些了……"张昊天痛苦地回忆着。

这是蓝若竹这半年以来参加的第三场葬礼了，只是这次她的身份是死者家属，这是她自己要求的，她希望以张昊飞姐姐的身份送他走。这一切都仿佛还在昨天，蓝若竹闭上眼睛还能看见张昊飞曾经天真的笑脸，可如今却是一具冷冰冰的尸体。她曾经天真地以为张昊飞的抑郁症可以好起来，可那隐藏的伤口却在他的心中一直隐隐作痛，无法释怀。他并不脆弱，只是那些恶魔给他带来的痛苦足够延伸到他内心深处的每个角落。

张昊飞的葬礼时间不长，因为他并没有什么朋友和亲人，认识他的人也不多，只有那么几个曾经的同班同学而已，这其中包括郑凯歌。

"你……"张昊天看见郑凯歌有些惊讶，蓝若竹猜测他可能还不知道张昊飞和他是同班同学。

郑凯歌注视着张昊飞的灵柩没有说话，只是低着头在祈祷些什么。最后走到蓝若竹和张昊天的身边，对他们只说了一声"节哀"便转身离去了。

张昊天这一天没有说过一句话，一直在沉默。也许是真的太难过了，反而没有任何的表情和情绪，也说不出来一句话。

可在不远处，蓝若竹看到了一个陌生的面孔。一个女人戴着黑色帽子，她只是在远处默默地看着，并不打算上前。蓝若竹走到这个女人的面前注视着她，她看起来也就四十岁左右的样子，保养得非常好。蓝若竹有一种直觉，觉得这个女人应该是张昊天的妈妈。

女人也看见了蓝若竹，对她说："姑娘，你为什么对我如此好奇？"

"因为我觉得你的面孔和他们兄弟俩很像。既然是认识的，为何不上前去，而是选择在这里远远地看着？"

"我……"那个女人突然沉默了，"可能因为我的内心无法面对自己吧，或者说，我不知道该怎么面对他们，我心怀愧疚。我只能远远地看着。虽然此刻我的心也是痛的，可不知道该对他说什么比较好，也许我再解释什么都是无济于事的，他们也不会原谅我。"

蓝若竹听明白了，也确定了自己的猜测没有错。

"其实他们是想念你的，无论多久都一样。"

"希望如此吧，我该走了。谢谢你的安慰，也怪我年轻的时候太过自私了，这是报应吧。"

蓝若竹目送着张昊天妈妈远去的背影，并没有说太多挽留的话。毕竟人家的家事，自己也不好过问。

"我该走了，你自己保重吧，我知道你此刻的心情很沉重，如果有需要随时跟公司请假。"蓝若竹走到张昊天的身边，拍了拍他的肩膀，"对了，我刚才好像看到你妈妈了，她说自己有些对不住你们。不过不要太难过了，如果一切还能重来，我们一定会守护好、保护好昊飞的。"

"什么？她怎么会来？"张昊天听到蓝若竹说的话有些惊讶。

"我想应该是她。或许她也一直内疚，只是不敢面对而已。毕竟她对你们是有感情的。"

张昊天看了看蓝若竹，就在她转身的那一瞬间抱住了她。蓝若竹没有想到张昊天竟然会有这样的举动，一时愣住了。

沉默了良久，张昊天对蓝若竹轻轻地说："对不起……谢谢你……"他身上散发的味道依旧是蓝若竹熟悉的，但如今她已经没有理由在这个怀抱里停留了，记忆也随之逐渐混淆。

这两句话在别人看来或许是最无用的，可是在蓝若竹心里，居然还会引起一丝小小的悸动，最终还是平静了下来。但是无论如何，蓝若竹明白，她和张昊天再也回不去了。

回到公司的蓝若竹坐在办公室里静静地发呆。她看着窗外阴蒙蒙的天空，回想着张昊天对自己说的那些话。她把头深埋在胳膊肘里，不想再继续回想。

敲门声打断了她的思绪，蓝若竹抬头一看是倪恒书。

"若竹，你还好吗？"倪恒书很温柔地对蓝若竹说，眼睛里充满着关心。

"嗯……不知道为什么这半年里发生了这么多事情，我身边的人一个接着一个离去，有我最亲近的，也有我不屑一顾的。"

"你也别太难过了，对了，我给你买了你最爱吃的便当，我记得你之前告诉过我，你最喜欢吃玉米，还有宫保鸡丁，你吃一点，我们还需要好好活着。"

"谢谢你。"蓝若竹接过倪恒书递给她的便当，心里面瞬间觉得有一些安慰了。

"对了……今天打扫卫生的大妈没有来上班，我看你办公桌有些乱，帮你收拾收拾吧。"

"不用了，这些小事我自己来就行。你把这些文件送到公司总部去，麻烦你了。"蓝若竹很客气地对倪恒书说。

也许通过这些日子的接触，倪恒书多多少少有所察觉，蓝若竹虽然一直很尊重自己，但始终与自己保持着距离，好像一直在刻意回避着自己的感情。无论自己怎样去接触她，她好像都若即若离的，或许真的在防备自己。

蓝若竹也知道倪恒书对自己的感情，但是她觉得两个人还没有到可以恋爱的程度，说到底她还是有些怕了……害怕再掉入恋爱的沼泽，真的太痛太痛。

她也能感觉到自己对于倪恒书的依赖，但这种感觉就像是走在悬崖边上，一不小心就会坠落。

倪恒书拿着那些文件正准备离开，却突然停住了脚步，酝酿了很久对蓝若竹说："若竹，你是不是心里还有张昊天？"

蓝若竹没想到倪恒书会直接问出来这句话，沉默了一下对他说："我……我早就放下了，可是心里还会难过吧。"

倪恒书没再说话，刚想要离开办公室，却没想到蓝若竹又紧接着说了一句："对了，我们一起到张昊飞原来所在的学校看看吧，张昊飞就像是我的家人一样，我很想知道当初他被霸凌的始作俑者到底是谁，谁害得他走到了今天。"

等倪恒书走了以后，蓝若竹直了直后背，告诉自己得打起十万分的精神。她刚准备工作，李雍菲便走了进来。

"你回来了，伤口恢复好了吗？"蓝若竹对李雍菲关心地问。

"谢谢你，我恢复好了，我也想打起十二分精神继续努力工作。"

"那如果王昕再找事儿怎么办呢？我觉得你有必要和她说清楚。"

"这个事情我也想过了，我打算自己解决，毕竟我不想因为某些人的事情影响自己的正常生活。"蓝若竹看得出来李雍菲是一个非常坚强的女孩子，比几年前的自己要强大很多。

看着李雍菲离开办公室的背影，蓝若竹又回想起了几年前的自己。那时候的她和李雍菲一样有着无畏的精神和想要在公司扎根下去的决心。

第二天倪恒书和蓝若竹一起到了张昊飞原来的高中。张昊飞的学校是北都的重点高中，尽管他有抑郁症，但是成绩一直都很不错。

他们走在校园的操场上，看着正在打篮球的热血青年们，感觉到非常强的活力和能量。蓝若竹让倪恒书等着自己，然后自己走进了学校的教导处。

办公室里的老师们看着她，一脸茫然地问："这位家长有什么事情吗？"

"您好老师们，我叫蓝若竹，我想了解一下当时01届2班张昊飞的事情，请问有老师知道当时校园霸凌的经过吗？"

老师们都面面相觑，没有一个人吱声。大概过了一分钟，有一个男人站了起来，这个男人中等身材，脸上留着小胡子，戴了个眼镜，对蓝若竹说："我是学校的教导主任，咱们借一步说话。"

戴着眼镜的男人把蓝若竹拉到了办公室外，对她说："我叫霍正金，请问您是？"

"我是张昊飞的姐姐，张昊飞已经去世了，我今天来就是想弄清楚当年到底是谁欺负了他。虽然事情已经过去很多年了，但是不能就这样不明不白的。"

"啊……怎么会这样。"霍正金一脸不敢相信的表情，"请您节哀，但是这个事情我只是有所耳闻，不知道经过是如何的。因为当时带这届学生的老师已经退休了，她姓王，您可以去她家拜访她，我给您一个地址。"

蓝若竹接过了霍正金给她的地址，在手里紧紧握着。她想无论如何一定要把这个事情调查清楚，否则真的对不起张昊飞的在天之灵。

出了校门以后，他们坐上出租车，蓝若竹陷入了沉思，她在想该怎么让老师愿意和她聊这件事情。

到了王老师所在的小区，蓝若竹有些激动，她想，如果运气好，会不会一切谜题就可以有答案了……进小区之前，他们一起在路边的超市买了点水果，想着给王老师留一个好印象。

他们一起来到了12层，敲了敲门。大概过了半分钟终于有人开了门，那个人探出头来，很疑惑地对他们说："你们是？"

"不好意思，打扰了，我们是专门来拜访王老师的，请问她在家吗？"蓝若竹把水果篮拎起来对面前的女人说，"我们特意给老师买了水果。"

那个中年女人看了看他们，觉得也不像是坏人，于是把门全部打开对他们说："哦，我是王老师的女儿，你们是她以前的学生吗？她在家呢，请进来吧。"

蓝若竹和倪恒书进屋后，看见一个坐着轮椅的老人正背对着他们，在阳台上静静地看着外面。王老师的女儿走了过去对着她说："妈，有人来看您了。"

王老师把轮椅转了过来，看了看前来拜访的客人，对他们微笑着说："你们好，谢谢你们来看我，你们是……"

蓝若竹走到了王老师的身边，蹲下来对她温和地说："老师，我们是您之前一个学生的亲人，他叫张昊飞，不知道您是否还记得他？今天我们前来拜访就是想具体问问当年他被霸凌的具体情况，您可以告诉我当时到底发生了什么吗？"

"张昊飞……"王老师想了想没有说话，只是一直在念这个名字，或许是不太记得了又或许是当时的事件太过复杂了，不知道应该从何说起。

"麻烦您大概想一想，这对我们来说很重要，虽然我们也知道前来拜访很冒昧。"

"我，我不记得了。如果你们只是为了这件事情来的话，不如就回去吧。我有些不舒服。"王老师有些敷衍，好像故意在躲避些什么。

"老师，他已经去世了。请您如实告诉我们好吗？"蓝若竹恳求道。

"去世了？怎么会……"王老师的表情从淡定突然变得有些不可思议，她好像并没有料到事态会如此严重，"虽然过去这么长时间了，但关于他的事情是我从业这么多年来一直无法忘却的，至今还忆犹新。尽管我真的很不想再提及，但该面对的事情，我早晚还是要面对的。"王老师停顿了一下，继续说，

"我一直挺喜欢这个孩子的，他勤奋努力又刻苦，尽管性格内向，但至少当我看他眼睛的时候，那个眼神是充满真挚与善良的……"王老师不敢相信这一切，痛苦地闭上了眼睛，"既然如此，我就和你们说说大概发生了什么，但我希望你们不要再继续纠结这个事情了，毕竟每个人都有自己的劫数，逝者已去，希望你们能尊重生者。"

蓝若竹点了点头，对王老师说："您放心，我只是想弄清楚当年的真相，而不是想要去报复谁。"

王老师让她的女儿给蓝若竹和倪恒书准备了茶水，让他们坐在沙发上，接着缓缓地说："事情是这样的，我记得这个孩子来到我班上的时候性格就是比较内向的，但是他的成绩一直不错，虽然不是名列前茅吧，但在班里一直保持前十名。毕竟我们学校是市重点，能考上我们学校的孩子都是不错的。后来可能因为他的性格问题不喜欢跟同学们说话，于是不喜欢他的同学们就很多。我记得当时有个在班上学习很好的同学，叫郑凯歌，他每次都是班上的前三名。可能是因为成绩太好了，所以他一直认为他应该吸引到所有老师和班上同学的目光。而当时他暗恋我们班里的一个女孩，而那个女孩子一直很喜欢张昊飞。"

"然后呢？"王老师说了一半就停了下来，蓝若竹没想到从她的口中居然听到了郑凯歌的名字。

"后来因为那个女孩子一直很关心张昊飞，可能因为很心疼他吧，郑凯歌应该是很嫉妒他，就联合班上的其他男孩子把他关到了学校的仓库里。说起来昊飞也是蛮可怜的，第二天才被学校打扫卫生的阿姨找到，因为惊吓过度裤子都……我记得他从那件事情以后就没怎么上过学，学校害怕这件事情舆论太大就答应他家人无论来不来学校都给他颁发毕业证。"

"但是为何这件事情后来就不了了之了，之前学校还有您为什么一直在回避这件事情呢？"

"对不起。这是我的问题，也是我们学校没有作为，导致今天的悲剧。因为当时我们没有意识到事情的严重性，毕竟都是孩子，我们想给孩子一次改错的机会，也怕引起不必要的恐慌，所以我们就冷处理了这件事情。"老师说完这些话以后，落下了眼泪。蓝若竹能看得出来，她是真心在悔过。

原来如此。这件事情的经过居然是这样的。

蓝若竹和倪恒书和王老师道谢，很感谢她能够一五一十地将真相告知，也不至于让这件事情的整个过程被埋没于时间的长河中。虽然有些事情过去就是过去了，但是理解不等于原谅。虽然都有年轻气盛和不懂事的时候，但是不代表你做的事情毁掉了一个人的一生，而你可以心安理得地继续生活。

他们从王老师家走出来，一路上都没怎么说话。

"你……"没想到蓝若竹和倪恒书之间还是有些默契的。

"若竹，你先说吧。"

"没想到事情居然是这个样子的。压垮张昊飞的最后一根稻草居然是郑凯歌……我现在有些心痛地说不出话来，我好想念他。"

"我也没想到这件事情居然和郑凯歌有关联。我知道你一直很在乎张昊天的弟弟，我一直以为你是因为喜欢他才继续照顾他的弟弟……"

"刚开始确实是这样的，但是我也确实是越来越关心张昊飞，把他当作亲弟弟对待。因为他的心真的很纯洁，没有世俗的复杂，所以才显得格格不入。"蓝若竹的心隐隐作痛，"算了，不说了。恒书，我先回家去了。"

"等等……我是不是又说错话了？"倪恒书看着蓝若竹转身离去的背影，突然意识到自己好像说错了什么。

生活中，我们总是会遇到那么一个人，我们总是一味地忍让，对他好。可惜他根本不懂我们的心，这难道就是宿命吗？

第七章　继续

〰〰〰〰

　　蓝若竹思来想去还是打算暂时藏住这件事情，等到有机会再与张昊天说明。因为她觉得在他心中这件事情就是一个非常深的伤口，如果自己把所知道的真相告诉了他，她害怕后果将不堪设想。毕竟在一起了这么久，她还是很了解张昊天这个人的，做事情不计后果也很意气用事。

　　自从那件事情以后王昕就没有其他的过分举动了，但是蓝若竹能感觉到她和李雍菲的关系就像是一根随时会断掉的线一样，危机也一触即发。她很怕王昕又会冲动地做出来什么，所以一直叫倪恒书看着她。

　　王昕的行事作风越来越奇怪了，以前只能算是自我，现在的她变得每天都疯疯癫癫的，以前可能还会很在意自己的梳妆打扮，现在的她根本不做任何打扮，甚至在服务客户的时候阴阳怪气的，遭到了很多投诉。大家都发现她变得不一样了，都故意躲着她。

　　以前蓝若竹在公司的时候，总是能看到一堆人围着王昕有说有笑的，把自己冷落在一边。现在因为自己当了总经理，所以那些人不管是因为权力还是什么，都开始围着蓝若竹转，甚至开始故意讨好。

现在就连张昊天也开始有些厌恶王昕了，不用张昊天亲口说，蓝若竹也看得出来。以前他们每天都会一起上下班，现在基本上也不一起走了。

公司每年年底都有各种考核，包括对总经理也是有评价机制的，如果这一年的业绩或者是风评不好，都有可能会被换掉。

由于压力大，蓝若竹做事情都是很谨慎的，最近连睡觉都睡不好，经常失眠。倪恒书还给她买了薰衣草的枕头，还有各种安神的药。蓝若竹尽管多次拒绝，但还是耐不住倪恒书的坚持，没办法，她只好收下。

周一快要下班的时候，董事长助理把蓝若竹叫到了谈话室，说有事情要找她面谈。她觉得很奇怪也很惊慌，毕竟马上就要考核了，现在被约谈，肯定不是什么好事情。

进入谈话室，董事长助理说的话足够让蓝若竹震惊许久。

"蓝若竹，这次有人举报你私自收取同事的贿赂，拉帮结派，想要破格提升和你关系较好的职员，有这回事吗？"

"怎么可能呢？我没有这么做，你们可以调查。"蓝若竹非常震惊，她不知道究竟发生了什么，但是她知道如果自己没有找出可以证明自己的证据，那么就代表着这次评选是不合格的，而自己的位置恐怕也保不住了。

"你别这么紧张，我们也是收到了别人的匿名举报，按照规定肯定是要调查的。根据调查，很多同事也说你确实是和倪恒书还有李雍菲走得很近，而且你还打报告申请提前批准李雍菲转正。

你是不是收了他们两个人的贿赂？"

"那是因为李雍菲的表现确实是不错的……而且也非常努力，大家都是有目共睹的呀！"蓝若竹非常不解，一直认为自己做出的判断都是很公正的。

"好，情况我大概了解了，后续我们会继续调查的，相信一定会水落石出的。"董事长助理说完便拿着自己的东西离开了，留蓝若竹一个人坐在谈话室里。

蓝若竹此刻的心情别提有多差了。此刻，她能想到举报自己的人便是郑凯歌了，至少他是首选的怀疑对象。无论如何，她蓝若竹必须要自保，必须要采取行动了，否则这个位置可能很快就是别人的了。到考核还有一个多月，这段时间足够让她准备反击了。

"怎么了若竹，到底发生了什么？董事长助理都和你说了些什么？你的表情为何如此焦虑？"倪恒书走进谈话室，对正在因匿名举报而担忧的蓝若竹说。

"唉，因为我给李雍菲申请提前转正，所以被同事匿名举报了，说我私自收贿赂，而不是因为她真的有能力，可她的表现大家都是有目共睹的！"蓝若竹叹了一口气，摆了摆手，调侃道，"算了，大不了这个位置我不做了，谁爱做谁做吧。自从我做了总经理以后每天都战战兢兢的，没有睡过一天好觉，你看看我的头顶都秃了。"

蓝若竹说了一大堆抱怨的话，还指了指自己的头顶。可能倪恒书从来没有看过蓝若竹此刻的样子，反而觉得她可爱，笑出了声音。

"你笑什么呀，我正烦着呢。"蓝若竹不解地问。

"我觉得你可爱呀。以前我一直觉得你是一个脑子里只有工作的女生，有些不接地气，很多事情也喜欢放在心里，而且你不像王昕那样很会打扮，甚至有时候觉得你有些土里土气的。但现在我觉得你就是你，你和那些女生也是一样的，你也有喜怒哀乐，甚至是很想让周围的人去爱护你。"

"你别逗了，倪恒书，快帮我想想办法吧。刚我也是说气话，我不想辜负师父对我的期望。"蓝若竹看着倪恒书的眼睛，很诚恳地说，"可能我就在你眼里才是闪闪发亮的吧，其他人都不会觉得我可爱。你说这些，我还是挺感动的……"

"你不用感动，我只是实话实说。若竹，你放心，你的事情就是我的事情。我只是想做你背后的依靠而已，虽然我知道你可能并不相信。"倪恒书一口答应了，接着摸了摸蓝若竹的脑袋。

虽然蓝若竹也不知道倪恒书能帮助自己什么，但起码她知道倪恒书答应自己的事情从来都是信守承诺的。

"你到底在做什么，王昕？你不觉得自己很过分吗！"谈话室外面传来了吵闹的声音。

"我怎么了？我就是关心你一下而已，最近你不觉得你的态度极度冷淡吗？对我也不像刚开始那样热情了，难道你心里就只有你那个死去的弟弟吗？"此刻只听见王昕的大喊大叫。

正当他们刚出门准备去劝架的时候，没想到竟看到张昊天一巴掌打到了王昕的脸上，因为力气太大了，王昕被一巴掌扇到了地上，还好已过了下班点，公司里没有什么人，否则如果被客户举报了，又足够让蓝若竹吃一壶的。

蓝若竹赶紧跑过去想要把王昕从地上扶起来，没想到王昕却一把推开了蓝若竹。蓝若竹有些猝不及防，一屁股坐到了地上。倪恒书见状赶紧跑过去把蓝若竹扶起来，连忙问她有没有事情，蓝若竹有些不知所措地摇了摇头。

"蓝若竹，不用你装好心来安慰我。你不觉得在这里最会装的就是你和李雍菲吗？两个人都装作没事人一样，葫芦里不知道在卖着什么药。"王昕依旧坐在地上冷哼了一声，接着对张昊天说，"还有你，是不是已经厌恶我了？是不是心里还有你这个前女友和新来的小妖精？你们男人都是一个德行……真是会演，我看错人了！"

此刻的张昊天别提有多大火了，还想继续打王昕，却被周围的同事拉住了，只好扯着嗓子对王昕喊："咱们俩的关系里没有第三者，为什么你天天把别人当作你的假想敌？还有，王昕我告诉你，我不准你侮辱我弟弟。我弟弟走的时候也没有见你做什么，然而你却整天怀疑这个怀疑那个，你不怕丢人就在这里闹，让同事都看见了，你满意了吧？"

"张昊天，可能有些事情你还不知道。"倪恒书突然开了口，"你知道你女朋友对李雍菲都做了什么吗？现在王昕还继续侮辱她们两个，我都看不过去了。"

"什么，你说什么？"张昊天看着倪恒书很不解地问，"到底发生什么了，为什么没有人告诉我？"

"因为我们不想你们的关系受到影响，但是今天这个女人的行为有点过了。前几天，她叫人把李雍菲绑架到了一个胡同里，差点让她毁容。我们都劝李雍菲报警，而她却忍了下来。"说完这句话以后，倪恒书看了看李雍菲。

李雍菲没想到倪恒书会替自己出头，感动得泪水险些掉了下来，却还是连忙跑过来对倪恒书说别说了。周围听到这些的同事都开始唏嘘，觉得确实是王昕做得过头了，没想到这个女人这么嚣张跋扈。

"什么……"张昊天听到倪恒书的话有些不可思议，他没想到王昕居然真的能做得这么过分，便转向王昕，"咱们分手吧。我告诉你，我真的对你没有任何感觉了，我不喜欢李雍菲，和蓝若竹也没有任何瓜葛，完全是你自己的问题，我已经受够你了！如果你今天不辞职，那么我辞职，我以后再也不想看见你了！"

王昕又一次哭喊了起来，拽住张昊天的腿不让他走。

"行了！都别闹了！你们不觉得很丢人吗？在公司里大吵大闹，传出去人家会怎么看我们？"蓝若竹终于受不了了。

所有人都诧异地看着蓝若竹，也都闭上了嘴，这好像是她第一次发这么大的脾气。在同事的印象里，蓝若竹总感觉跟个小绵羊一样。

周围的同事们劝了王昕和张昊天很久，他们才逐渐平静了下来。这一次让蓝若竹惊讶的其实并不是他们的争吵，而是倪恒书的表现。她一直认为倪恒书是一个比较软弱和胆小的男人，没想到这一次他居然站出来为她和李雍菲说话，还是当着所有人的面。

这场闹剧终于散场了，虽然不知道张昊天和王昕未来如何打算，但是无论如何他们的关系从这次开始是真的逐渐恶化了。

"这出戏"对她来说未尝不是一种解脱，她也不再是当初的那个蓝若竹了，而是另一个成长了的自己，终于可以为自己活着，每一口呼吸都是为了自己。曾经爱着张昊天的自己连呼吸都是痛的，走的每一步路都是不得已的，那根本不是真正的自己。

对于举报一事，蓝若竹还是想要弄清楚，为了不在办公室引起风波，她决定下班后亲自去找郑凯歌问清楚。

　　　　　　被隐藏的伤口

蓝若竹来到郑凯歌家的楼下，给他拨打了电话，说想见他一面。郑凯歌接到电话以后请蓝若竹上了楼。

蓝若竹一进门，郑凯歌就问："怎么了？这么晚找我有事情吗？"

"今天董事长助理找我谈话相信你也看到了，我想知道，举报的事情是不是你做的？"

郑凯歌低着头沉默着，突然抬起头对蓝若竹微笑道："是我又怎样呢？难道你不觉得总经理一职本来就应该是我的吗？"

"可是你这是诬陷，你不觉得你这样做很卑鄙吗？"

"我也只是把我猜想的事情上报了，至于是不是事实那就不是我的事了。之前潘志在的时候我没有晋升的机会也就罢了，没想到他不在了我还是没有机会。我不服气，明明我才是最出色的那个。"

"郑凯歌，我知道你很努力，一直都很努力，但是你不应该做这种下三烂的事情。"

"我只是想得到我该得到的东西。"

"既然如此，你我也没有必要虚伪下去了。以后你就好好做你的事情，咱们说的话我已经录音了，麻烦你亲自去澄清一下。我蓝若竹平时对待别人都是人不犯我我不犯人的，但我不希望还有下一次，否则别怪我对你不客气。"说完这席话，蓝若竹扭头便离开了。

蓝若竹还是想给他最后一次机会。

回到家里，蓝若竹关上门，深深吸了口气，终于感觉心就像是一颗石头落地了。也许有些事情还是当面说清楚好，无论是谁，明面的敌人总比暗处的敌人要好很多。她相信郑凯歌会去澄清事实，毕竟他在意这份工作，也不想因为陷害自己而丢了饭碗。

"你回来了若竹，妈妈给你热饭菜去。"回到家蓝若竹就看见妈妈坐在沙发上看报纸，却没有见到爸爸的身影。

"爸爸呢？"蓝若竹问。

"哦，他又出去和朋友喝酒去了。"这个答案其实蓝若竹早就应该想到了。

蓝若竹一边吃饭一边发呆，妈妈看着她，十分心疼，毕竟好多天都没有见到她笑过了。

"若竹啊，是不是当上总经理不开心？我知道人站在高处就很害怕跌倒。但无论遇到什么事情，都要坚持住啊！我相信你不是那么容易被打倒的。"

"呃？嗯……"蓝若竹听到了妈妈的话，点了点头，夹了一口菜。

"对了，妈妈知道你和张昊天分手了。"

"妈，你怎么知道的？"蓝若竹很诧异地问。

"你是我女儿，你的事情我还能猜不出来吗？你很久没有提过他了，不过我一直不是很喜欢那小子，他靠不靠谱妈妈还是看得出来的。分了也就分了，可你这也老大不小了，我有个朋友的儿子也是不错的，长得一表人才，而且条件是非常好的，自己现在正在经营一家公司……要不然你去见见？"

蓝若竹没有想到妈妈会给自己介绍对象。自打和张昊天分手后，她一直对感情很逃避，因为那次失败的感情，蓝若竹已经对所有的男人都丧失了信心，不知道该怎么付出和怎样去做。

"妈，你确定吗，你确定他是个好人吗？他真的能对我好吗？"蓝若竹很疑惑，也许确实是该找个人嫁了，究竟那个人是

被隐藏的伤口

谁都无所谓，能够对自己好就够了，最重要的一点是结婚对象一定是妈妈喜欢的人。

反正现在的自己对待感情已经完全失去了信心，唯一的要求就是那个人对自己好就够了。

蓝若竹思考了很久，最后还是答应了妈妈去相亲。

到了周末，蓝若竹和那个男人约好了在咖啡厅见面。刚开始蓝若竹还是挺羞涩的，不过见到后觉得对方好像确实是一个不错的人，所以逐渐放松了下来。

他的名字叫陈振伟，长得挺帅气，皮肤很白，个子也蛮高的，最主要的是看起来很踏实，身上还有着淡淡的栀子花的味道。

"你好，我叫蓝若竹。"蓝若竹向陈振伟伸出了自己的右手，陈振伟也马上伸出了自己的手与她相握。

两个人聊得很开心，陈振伟很有幽默感，喜欢历史、打羽毛球，和蓝若竹有很多相同的兴趣。

聊完后，陈振伟把蓝若竹送回了家，两个人也互留了联系方式。回到家蓝若竹的妈妈连忙问她："若竹，怎么样呀，相处得还愉快吗？"

"嗯，我觉得他还是不错的，或许真的比张昊天要靠谱很多。不过我想多处处，如果觉得确实不错的话，我愿意和他结婚。"妈妈听后着实开心。

蓝若竹虽然知道自己没有办法马上再投入另外一段感情，但至少可以转移一下注意力。至于要不要结婚那也是后话了，只要妈妈开心就是好的事情。

半夜，蓝若竹一个人躺在床上，陈振伟给她发来了信息：若竹，你睡了吗？如果你觉得我还不错的话，我们可以再见面的，我觉得你挺好的，是一个有能力又很特别的女孩子。

蓝若竹想了想，回复了信息：等我这两天工作不忙了再找你。

就这样从见面那天开始，蓝若竹就觉得自己的一生应该托付给陈振伟那样温和又幽默的男人。她曾经也失望过、痛苦过，但是陈振伟的出现重燃了蓝若竹对于爱情的渴望。

自从和郑凯歌撕破脸以后，蓝若竹的心情都蛮好的，或许是终于说开了，心里更踏实。虽然工作上的烦心事并没有减少，但是因为陈振伟的出现，她的心里多了分热情。

不过让蓝若竹没有想到的是，王昕递交了辞职信。

王昕最近一直都很憔悴，就连给蓝若竹递辞职信的时候也是一言不发，和之前的她简直判若两人。她还记得自己第一次见王昕的时候，她是那样的光彩夺目，而现在的她却变得很邋遢，都不收拾自己了。

"你确定吗？再好好考虑一下吧，虽然我知道你一直很反感李雍菲，但毕竟这是你自己的事业，千万别一时冲动做决定。"蓝若竹试着劝阻，不过还是遭到了王昕的回绝。

"不了，我想好了。张昊天已经和我分手了，我也不想每天看见你和李雍菲在我面前晃来晃去，我非常讨厌你们。"说完，王昕就拿着自己的东西扬长而去了。

蓝若竹只好叹了口气，望着王昕离去的背影，没再说什么。

不过说实话，其实对于王昕，她始终不知道自己该用一个什么样的态度来面对更合适。但蓝若竹心里知道，自己终究是讨厌她的，之前只是碍于同事面子，不得不控制好自己的情绪和心态，这可能就是所谓的"成长"吧。

这时蓝若竹的回忆突然浮现在脑海里，她第一次遇见王昕的时候，大概是两年前吧，她觉得这个女生长得真是好看，好像是自己遇到过的最漂亮的女孩子。王昕看见蓝若竹以后，也很热情地过来打招呼。蓝若竹在遇到王昕之前并没有其他的朋友，她的世界里除了张昊天就没有别人了。

"你好呀，我叫王昕，你叫什么名字？"

"我……我叫蓝若竹，竹就是竹子的竹。"

"你的名字很好听，为什么叫这个呢？"王昕好奇地问，把自己瀑布一样的头发放在了肩膀后面。

"这个名字是我爸爸取的，他想让我像竹子一样茁壮成长，无论遇到任何问题都不能屈服，就算遇到寒风也要坚强挺立着。"蓝若竹回答。

"我就不知道我的名字从何而来……我甚至都没见过我爸爸。我的继父他……唉，我宁愿从来没有遇到过他。"王昕听完蓝若竹的回答，突然陷入了沉思，"不过，我很想和你做朋友，你愿意吗？就是遇到问题我们都及时与对方分享，只做彼此唯一亲密的人。"

蓝若竹点了点头，答应了王昕的请求。

王昕摇了摇头，甩掉自己不开心的情绪，抓住蓝若竹的手，对她说："那，我们一起去吃饭吧，我知道一家餐厅还挺好吃的。"

"这……我手里还有工作没做完。"

"别管啦，一会儿再说吧，你这次得听我的！"

蓝若竹坐在椅子上叹了口气。如果所有的事情都和回忆里一样美好，那么这个世界该有多么的温暖！可惜……

还没等蓝若竹回过神来，倪恒书便敲了敲办公室的门走了进来，对蓝若竹说："若竹，你在发什么呆呢？举报的事情你处理得怎么样了？不行我就帮你想想办法。"

"啊……哦，没事了恒书，我处理好了。举报信是郑凯歌写的，但我没想到郑凯歌如此嫉恨我，还这么怨恨师父。我一直以为他是一个特别老实的人。可我还想再给他一次机会，或许以后他不会再做这样的事情了。"

"我想提醒你的是，人心永远隔肚皮，你确定他不会再犯吗？你以为那个人会对你的宽容大度感激涕零吗？你一定要慎重考虑。"

"我……我不知道，但是我觉得要给他人一次改正的机会。"

"你实在是太天真了。"

"或许我只想永远天真下去。我身边，不是还有你吗？"蓝若竹淡淡地微笑着。

很快就要到了考核的日子，果然，事情如蓝若竹预料的那般，她顺利通过考核，继续担任总经理一职。

倪恒书对蓝若竹说："若竹，我今天晚上请你吃饭吧，可以叫李雍菲一起，我们一起庆祝一下你这次考核通过。"

而李雍菲此时正好站在他们旁边，连忙附和道："好啊！好啊！我也想一起去，蓝总你实在是太厉害了，感觉没有你解决不了的事情！"

蓝若竹难为情地摇摇头，对他们说："要不然今天你们两个先去吧，过两天咱们三个再一起，下次我请客，我今晚有约了，很抱歉。"

"什么？谁约的你呀？"李雍菲像一个好奇宝宝一样问着蓝

　　　　　被隐藏的伤口

若竹。

"呃……我妈妈给我介绍了个结婚对象，之前早就约好了今天晚上一起吃饭，我不好意思再推掉了，咱们改天一起吧？"

"若竹……你为什么要相亲？你现在不是挺好的吗？那你们……在一起了？"倪恒书挑了挑眉毛问蓝若竹，此时他的表情十分凝重。

"也不算是在一起吧，就是觉得还挺合适的。我想着不行就结婚，总单着也不是事儿，爸妈最近老催我结婚，我觉得压力大。"

还没等蓝若竹说完，张昊天就从外面闯了进来，好像很慌张的样子，"蓝若竹，你这两天有看见王昕吗？她好像失踪了。"

"没有啊，前几天她给我递交了辞职信以后，我就再也没有见过她。"

"我虽然已经和她分手了，但是前几天她一直不停地给我打电话，让我去家里找她，如果不找她，她就选择自杀。但是我一直觉得她只是在威胁我，就没有去找她。这两天我想把她的东西还给她，却已经联系不到她人了……"

"可能她只是心情不好，不如你去家里找找她，没准她就在家呢。"蓝若竹安慰张昊天。

"没有，她不在家，我去了好几次了，我有她家里的钥匙。可是四处找遍了都没有她的踪迹，真是奇了怪了。"

"那不如等后天下班我陪你去一趟，如果还是找不到她，你就报警吧。"

话语刚落，张昊天的电话就响了起来，接听电话以后，张昊天的脸色突然就变了，挂断电话以后扭头对他们三个人说："王昕她……在家里自杀了。"

"怎么可能？！"蓝若竹他们三个人异口同声，都不敢相信这个事实，"你不是说去了家里没有人吗？"

"不……不知道，是医院给我打的电话，说让我去料理后事，王昕的父母都不在北都，其他亲戚也不在这里。"张昊天瘫坐在了地上，有些泣不成声。看来他对王昕还是有感情的，毕竟相处了那么长时间。

所有人都没有说话，可内心都是波涛汹涌的。

蓝若竹尽管很震惊，曾经和王昕也有一些情分，但到了现在，她已经谈不上伤心了。她拍了拍张昊天的后背对他说："你赶紧去医院吧，不要太难过了。"

到了下班的时间，陈振伟就来公司接蓝若竹了。蓝若竹下意识地环顾了一下周围，并没有看见倪恒书的身影。

紧接着蓝若竹跟着他上了车，之后便一言不发，一直盯着手机看。

"若竹，你今天状态不是很好，发生了什么事情吗？"陈振伟发现蓝若竹一路上都有些沉默，便关心地问她。

"没有……"蓝若竹低下了头，也不知道从何说起。

"哦，那就好，可能是我想多了，看你的表情有些不太对劲。今天带你去吃一家日料，那家是新开张的，环境还不错，我想你一定喜欢。"

蓝若竹转过头看了看陈振伟，淡淡地说："振伟，如果你讨厌的人死了，你会有什么感觉？"

"什么？"陈振伟又问了一句，好像听错了。他没有想到在蓝若竹的嘴里能够说出来这样的话。

"没事，我就问问，我之前最好的朋友今天自杀了，因为我前男友我们的关系变得很不好。我也恨过她，责备过她。"

"若竹，我不知道你的身上发生过什么，以后你可以慢慢讲给我听，不过我相信这一切很快会好起来的。"

到了餐厅，蓝若竹一直在回忆着过去，回忆着和王昕曾经的片段和点点滴滴。其实大多是开心的、感人的，所以曾经蓝若竹才如此相信王昕不会背叛自己。但此刻的她好像被感情困在了原地，就像是鸵鸟一样把头埋在了沙子里出不来。

吃完饭陈振伟便把蓝若竹送回了家，因为他觉得她的状态并不对，并叮嘱她好好休息。

回到家，蓝若竹很想给张昊天打个电话，安慰他不要那么难过了。此刻的她手里紧握着手机，打开了屏幕又关上，辗转了很久还是放弃了。

现在的他一定很难过吧……但是这和她又有什么关系呢？

蓝若竹最后还是决定把手机关机，不再过问任何事情。

自从陈振伟每天来公司接蓝若竹下班，公司里的人都传蓝若竹要结婚了。蓝若竹听到这些只是笑笑，然后和大家说还没有到时候。

而倪恒书对她的态度没有任何的改变，还是很温柔、很体贴。蓝若竹害怕他会生自己的气，但是倪恒书没有表现出任何的情绪。

蓝若竹真心感谢倪恒书这些日子对自己的陪伴。因为倪恒书确实是一个很好的人，但是自己无论如何都无法和他在一起，或者可以说，是蓝若竹无法去正视这段感情。

可能在你的人生里总会有这么个人，他对你来讲是异常重要的，但是你总害怕如果确定了某种关系，你就会失去他，所以决定还是对他刻意回避些。

张昊天连续好多天都没有来上班，想想也知道，此刻的他应该很难过，不想见任何人。他身边的人接二连三地离开了，先是好兄弟，然后是亲弟弟，最后是前女友。

"蓝总，你怎么看起来有些焦虑，在想什么呢？这么专注。"李雍菲突然出现在蓝若竹身边，吓了蓝若竹一跳。

"你……雍菲啊，你吓死我了，进办公室也不敲门，越来越没有规矩了。"

"是吗？可是我看你一直在按自动圆珠笔呀，是因为王昕的事情吗？"

蓝若竹看了看自己手里的笔，于是解释道："可能是最近没睡好，我这里有些文件要整理，麻烦你拿去帮我整理好吧。"蓝若竹把一大摞合同都塞给了李雍菲。

"哎，早知道不来找你了。没想到一进来，你就安排一大堆任务给我。"李雍菲吐了吐舌头，接过那些合同离开了。

过了一会儿，蓝若竹的手机响了起来，是张昊天。蓝若竹接起电话，张昊天说想让她晚上陪他去喝酒。

蓝若竹思考了片刻还是答应了。她虽然一直不能理解张昊天对自己所做的一切，但是她觉得这个时候也许张昊天还是需要自己的陪伴的，不如就再当一次好人。在张昊天这里，蓝若竹总是能够推翻自己曾经的底线。

生活中，我们总是会遇到那么一个人，我们总是一味地忍让，对他好。可惜他根本不懂我们的心，这难道就是宿命吗？

蓝若竹望着天空，缓缓地
对他说："我觉得有些事情就
好像这三月的烟火，短暂而快乐，
可我……终究要回归到现实里，
不是吗？"

第八章　过去

　　“我到了，在酒吧里等你。”张昊天发来了信息。

　　蓝若竹没想到张昊天会比自己先到，因为之前交往的时候每次都是蓝若竹等他。张昊天每次大概会迟到半个小时到一个小时，有时候甚至会放她鸽子，给的理由也是各种各样的，比如自己睡过头了，游戏开了一把不能关掉，或者是弟弟又缠着自己，总是有借口。

　　有一次晚上，张昊天约她到一个异性朋友家去玩。她本来是不想去的，因为全都是男孩子，就只有她一个女生。但是张昊天的要求每次她都是无法抗拒的，为了不给他丢面子，那天她打扮得漂漂亮亮的，按时到了那个男生家。

　　看了看表，正好是九点半，不早也不晚。她以为张昊天已经到了，但没想到敲开门以后发现里面全都是自己不认识的异性。蓝若竹站在门口，尴尬地给张昊天打电话，问他什么时候到，没想到张昊天的回答是：“我今天不去了，我不舒服，要不然你和我那些朋友们玩玩吧。”

"什么？你什么意思？当我是什么？"

"你别急啊，我今天是真的不舒服。要不然你就自己回家吧。"还没等蓝若竹回应，电话就已经挂掉了。

她不知道为什么张昊天要这样对待自己，每次都这么不靠谱。她的眼泪掉了下来，和张昊天的朋友们说自己不进去了，接着转身离开了。

那天晚上风很大很冷。蓝若竹光着腿，穿着高跟鞋，一个人走在大街上。太晚了，路上一辆出租车也没有。这个地方距离学校宿舍很远，大概得有一个小时的车程。这附近什么都没有，空空荡荡的，没有超市也没有店铺，远远地只能看到公路，就好像是荒郊野岭。不知道走了多久，一辆黑色的轿车停在了她的身边。车窗摇了下来，一个男人对她说："小姑娘，我看你一个人走在街上，这附近没有出租车，你要是想回家的话我可以载你一程。"

蓝若竹此刻真的是太冷了，她的脚也因为高跟鞋已经走不动路了，于是就上了车。这一路上她都有些忐忑不安，渐渐地，她发觉越来越不对劲。她有些慌了神，想了想她选择了极端的应对方法——把鞋一脱，直接跳下了车。

跳下后，她感到火辣辣的疼，仿佛骨头碎了，不知道是不是骨折了，而且皮肤也擦伤了。可是此刻她管不了那么多，一心想要逃离这个地方。还好她运气不错，跑回了主路以后，一个好心的阿姨看见了满身褴褛的她，让她上了车。

阿姨听到她的遭遇后带着她去附近的公安局报了案。抓到嫌疑人的时候张昊天才知道蓝若竹经历了什么，而他还是一如既往地无所谓，事不关己一样。

蓝若竹站在酒吧门口，鼓足勇气推开了酒吧的大门，她看见张昊天就坐在酒吧的卡座上等着她。

她走过去，咳嗽了一声。张昊天立马抬起头来，然后起身对她说："若竹，你来了，谢谢你来陪我。"

"这两天都没看见你来公司上班，还是心情不太好？最近你是不是总是来酒吧喝闷酒？"蓝若竹看着眼前有些醉了的张昊天，居然开始有些同情他。

"嗯，其实自从弟弟走了以后，我每天都来这个酒吧，后来知道王昕给我找了那么多事儿，还总是怀疑我，我的心就更烦了。但没想到……她居然自杀了，我以为我们能好聚好散，现在我已经有点开始怀疑人生了……为什么身边的人总是一个又一个地离开我……"说着说着，张昊天突然握住了蓝若竹的手，把蓝若竹吓了一跳，赶紧把手抽了回来。

张昊天看着蓝若竹有些刻意地躲避着他，更是自嘲地笑了笑，"呵呵，也对。后来我也反省了自己，其实这个世界上对我最好的人是你，但是曾经我觉得是自己已经习惯了你是我世界的一部分，但并不是我的全部，我对你充满了依赖，就像是对自己的母亲一样……虽然我知道对于我来讲，你是亲人，可王昕对我来说却是爱情……"说完这些话，张昊天猛地喝了一杯酒。

蓝若竹没说话，听完他的这一席话之后，她很明显能感觉到心脏被刺痛着。原来在他心里，自己不过是家人而已，而王昕却是爱情。

"对不起，若竹，我好像又说错话了……我的意思是说……"

"你不用解释了，张昊天，我能明白的。"蓝若竹也给自己倒了杯酒，然后一饮而尽，"那么今天你找我来，到底想说什么呢？或者这么说，我又能给你怎样的帮助呢？"

"没……没什么，若竹，你别生气。"张昊天突然不说话了，或许是因为蓝若竹打断了他。不过此刻的他也能够隐隐约约感觉到蓝若竹和以前有些不一样了。

　　蓝若竹笑了笑。没想到经历了这么多，张昊天依旧还是这么自私和幼稚，仿佛无论他之前做了什么，只要因为不幸降临到他的头上，别人就可以因此而原谅他，那么曾经他对她的伤害又将如何弥补？

　　"后来我也想明白了，你只是表面上对我好而已，你从来不会为我考虑，你的眼里只有你自己。"蓝若竹陪张昊天一杯接着一杯地喝，他根本不懂她心里的痛苦，可能有些事情从一开始就是错的。这些话她以前不敢说出口，现在终于敢说了。

　　直到遇到了王昕，她才明白她和王昕最大的区别就是：王昕敢于做自己，而蓝若竹永远不是自己，而是为了张昊天刻意美化的一个人物而已。

　　"此刻的我只是想请求你，不要再恨我了，过去都是我错了。"

　　"张昊天，请不要企图用你的遭遇来换取我的同情，我马上要结婚了，我妈给我介绍了对象。"蓝若竹说完便站了起来。

　　张昊天抬头望着她，脸上充满了惊讶，"怎么会呢？这么突然……我还以为你会和倪恒书在一起呢，我看他好像挺喜欢你的，每天都那么殷勤。"

　　"我不喜欢他，而且你不要这么说恒书。我结婚的时候会邀请你来的，毕竟就算不在一起了，我们也还是同事。时间很晚了，我先走了，你早点回家睡觉吧，有些事情能忘则忘，毕竟我们都要重新出发，忘了那些曾经让自己伤痛的事情，好好活下去。"蓝若竹把自己杯子里的酒一饮而尽，转身很洒脱地离开了酒吧。

这些话蓝若竹仿佛是说给自己听的，也仿佛只有自己能够听得懂。

张昊天看着蓝若竹离去的背影，眼泪不知不觉掉了下来，原来真正的失去是这个滋味。

蓝若竹一直告诉自己，一定要有一颗坚强的心。她曾经也为了感情郁郁寡欢过、脆弱过、失望过、崩溃过。可到头来所有的成长是必须要经历的。

她和陈振伟的关系越来越好了，相处下来，她发现陈振伟这个人几乎没有缺点，所以她打算定下来，认真过好属于他们的生活。

好几年没有休过年假的蓝若竹这次打算请年假，和陈振伟一起去海岛玩一玩。她这些年一直忙于工作，都忘了怎么生活了，所以她对这次的旅行还是很期待的。以前公司给她年假她从来不要，就算没有加班费，她也不会休息，就仿佛打了鸡血一样。今年或许是因为经历的事情太多了，所以她选择了享受假期。

陈振伟开始对于旅游这件事情是拒绝的，说是因为公司比较忙，有很多事情需要自己亲力亲为，所以走不开。不过他还是很宠爱蓝若竹的，感觉蓝若竹的心情也确实不是很好，只能勉强答应了。

他们一起坐上了前往海岛的飞机，这段时间的意外事故一件又一件，搞得蓝若竹焦头烂额的，她想通过这次旅游好好地放松一下。

"振伟，你说是不是每个人都有自己隐藏在心里的伤口？如果哪天被人碰触到，便是万劫不复。"

"若竹，你最近太压抑了，是不是又想多了？"没料到蓝若竹又问出这么负面的问题来，陈振伟一时之间不知道该如何回答。

"你老说我多想，可有些事情我始终无法释怀，也找不到缘由和结果，例如师父到底是怎么死的，真的是自杀那么简单吗？"

"师父？你说的是前段时间新闻里报道过的你们公司的那起自杀事件吗？"

"对，是的。他们都说是自杀，可我却一直不相信。"

"我觉得是你一直无法接受他离开的事实吧。"

"不是……你为什么就不相信我？"

陈振伟一把把蓝若竹搂在怀里，亲了一口她的额头，"小傻瓜，你的心思永远这么重，有些事情是怎么想都没有结果的，那就不要想了，该发生的事情总会发生的，这可能就是每个人的命运吧。"

终于到了海岛，一下飞机海风扑面而来，吹起了蓝若竹的头发。陈振伟看着蓝若竹的侧脸，突然觉得她不仅有一种清秀的美，还非常可爱。也许是情人眼里出西施吧，他一直都觉得蓝若竹是自己此生最好的选择，无论眼前的这个女人是否像自己爱她一样地爱自己。

到了酒店，打开房间蓝若竹惊呆了。她没想到陈振伟定的酒店房间居然是波塞冬主题的，房间里就像是海洋馆一样，能看到正在游泳的鱼儿、鲨鱼和海豚。

蓝若竹惊喜地跑到玻璃面前，看着正在游泳的生物，不胜欢喜。她从小就很喜欢动物，尤其是对于大海有着很深的向往。看着蓝若竹这么开心，陈振伟也笑了出来，"若竹，没想到你还这么孩子气。我只是觉得这个房间很特别，想着没准你会喜欢。"

"我很喜欢，谢谢你，但是这个房间一定很贵吧，让你破费了，我都有些不好意思了呢。"

"还好吧，我在网上看过一个电视剧注意到了这个房间，只要你开心就好，我其实也不怎么懂得讨好女朋友。"陈振伟宠溺地摸了摸蓝若竹的头发。

"你对之前的女友也很大方吗？"蓝若竹有些很好奇地问，像他这么好的人一定有很多女生追求吧。

"我……我没怎么谈过女朋友。虽然身边也有追求我的，但是我总觉得她们可能更看中我其他的方面，所以也没有怎么接触过。如果你愿意嫁给我的话，我愿意一辈子对你好。"说完这些话，陈振伟突然单膝跪地，掏出了戒指。

看着他手里的戒指，蓝若竹觉得有些突然。虽然她一直也是以结婚为目的地去发展的，可她对于这一幕的到来还是有些意外。

蓝若竹没有说话而是坐到了床上。她看着陈振伟，虽然觉得眼前的这个男人很好，但是她还是没有办法马上接受他。可能是对于婚姻的未知，或者是觉得自己还没有十分了解这个男人，还想要再好好考虑一下。

"振伟，你先起来。我觉得我们进展有些快了，我还没有考虑好，这次只是想让你陪我出来散散心的。"蓝若竹赶紧把陈振伟扶了起来，让他站好。

"哦……对不起啊若竹，是我太着急了。"陈振伟道歉完，两人相视一笑。

"其实你是我第二个男朋友。说真的，我也不知道爱情到底是什么样子……所以我想再考虑一下，你不要多心。"

"嗯，我看得出来，你是个单纯的女孩，我最看重的就是你这一点了。"

吃完晚餐后，陈振伟就待在酒店里和蓝若竹聊天。两个人谈天说地，有说有笑的。

　　"若竹，你是不是困了呀，我看你有点打瞌睡。"

　　"嗯，是有点。"蓝若竹在床上躺着，盖好了被子。

　　"那我不打扰你睡觉了，晚安。"说完这句话，陈振伟就离开了蓝若竹的房间去了另外一个房间。

　　接下来的几天，他们都是分房睡的。一到晚上，陈振伟就回到自己的房间。蓝若竹觉得他的确是个正人君子，和其他肤浅的男人不太一样，心里很感动。

　　回到北都以后，陈振伟没有再提结婚的事情，而蓝若竹则隐隐约约感觉到，陈振伟好像一直在躲着自己，也许是自己拒绝他的求婚后，伤害了他的自尊心。

　　自打回来后，蓝若竹就没有看到张昊天的身影。前几天忙，没顾得问，今天她终于想起了这个事，便把倪恒书叫到身边问："我这都回来两三天了，怎么一直都没有看到张昊天？"

　　倪恒书对她说："若竹，你度假期间把一部分工作交给我了，所以我怕打扰你便没有告诉你，张昊天他辞职了。我也有劝过他，但是他很坚定，丢下辞职信便离开了。"

　　"怎么会？那他现在去哪里了呢？"蓝若竹没想到张昊天还是承受不住生活的打击，选择离开了公司。

　　"我看你刚回来挺忙的，就想着过两天再告诉你，省得你烦心，我把信拿给你看看。至于他接下来怎么打算，并没有和我说，我也没来得及问他。"倪恒书把辞职信递给了蓝若竹。

　　蓝若竹手里紧握着辞职信，回想着曾经的公司门口，还停留着自己和张昊天的甜蜜身影，以及自己与王昕相处时两个人聊天的欢笑声，没想到这一切的开心与美好都是那么短暂。

"若竹，你没事吧？"倪恒书见蓝若竹发愣，便摇了摇她的肩膀。

"哦……没事的。不过我想和你说一件事情，恒书。"

"什么事情？"

"我想和他结婚了，就是我爸妈介绍的那个结婚对象。我觉得有必要和你说一声，因为我一直把你当作很重要的朋友……"

还没等倪恒书张口，李雍菲突然跳到了他们的面前说："恭喜你，若竹姐！"

而此刻倪恒书只是愣在原地，脸上有着很强的失落感，表情十分凝重，好像是遗失了一件很贵重的东西。本来蓝若竹还想继续安慰安慰他，但是碍于李雍菲在面前也只好作罢。

晚上的时候陈振伟又来接蓝若竹下班了。每次李雍菲看到这一幕都会一脸羡慕地对蓝若竹说："蓝总，你可真幸福啊，你男朋友不但对你好还这么有钱，我要是也能和我心爱的男人在一起就好了。"

陈振伟把车开到蓝若竹的家门口，蓝若竹终于鼓起勇气向陈振伟提出了订婚的建议。她觉得不管曾经发生了什么，自己终究还是要往前走的，更何况陈振伟无论从哪方面来讲都很不错，那自己还纠结什么呢！

"真的吗若竹？我还以为你不是那么喜欢我，没想到你居然答应了。"陈振伟很兴奋。

蓝若竹点点头，搂住了他的脖子对他说："我很确定我此刻对你的感情。"

"可是……"

"你有什么担忧的事情吗？"蓝若竹很好奇地问。

"没有没有，我就是害怕你发现我没有你想象中的那么好。"陈振伟摇摇头，直视着蓝若竹的眼睛，"如果你真的愿意的话，我很愿意娶你。"

他们的婚期定在了下个月，周围的人都觉得很突然，但是对于蓝若竹来讲已经无所谓快与慢了，她只是想踏踏实实地过好现在的日子。

蓝若竹的父母都觉得这门婚事是不错的，这个男人是他们理想中的女婿人选。他们开始为蓝若竹筹办婚礼需要用的东西，蓝若竹第一次感觉到身边的人都是如此重视自己。

就在婚礼的前一天晚上，蓝若竹收到了倪恒书的祝福短信：若竹，希望你能够幸福，是真的幸福。

此刻蓝若竹觉得心里好像踏实多了，无论自己曾经是否真的喜欢他，至少她一直很看重这个朋友，他没有因为这件事情不再理自己就好。

她马上回复了短信：谢谢你，恒书，其实那天我还想跟你说，我只是想要忘记过去的自己，重新开始新的生活。

过了五分钟，倪恒书回过来了短信：你不必解释那么多，只要是你做的选择就是对的。

第二天在婚礼上，来了好多贵宾和朋友。蓝若竹脸上虽然洋溢着幸福的微笑，但内心并没有多么的波澜壮阔。她把手递给了站在身边的陈振伟。陈振伟掏出三克拉的钻戒给蓝若竹戴上，并发誓自己要一辈子对她好。

蓝若竹站在台上看着所有人都在祝福着这段婚姻，都在为他们的郎才女貌而鼓掌。这场婚礼她这边只邀请了父母、倪恒书还有李雍菲。她看着倪恒书，此刻倪恒书也在看着她。

晚上，蓝若竹跟着陈振伟回到了婚房。这个公寓很大，之前都是陈振伟和婆婆一起布置的，因为蓝若竹工作很忙所以也没怎么上心。

公寓还是蛮大的，一共有三间屋子。所有的布置都很精美，墙壁上还挂着凡·高的向日葵，看起来很优雅很有格调。蓝若竹望着落地窗外，手里还拉着自己的行李。

"若竹，你是不是有点累了？确实是蛮辛苦的，你赶紧把行李放回你的房间去吧。对啦，这个是你的房间。"陈振伟指了指最大的那个房间，"你旁边那个是我的房间。"

蓝若竹很疑惑地问："我们……难道分房睡吗？可是我们已经结婚了呀？"

"呃……我怕我呼噜打得太响吵你睡觉，平时还是分开睡吧。"说完这句话陈振伟就提着蓝若竹的行李帮她一件一件地摆放在衣柜里，留蓝若竹一个人在原地。

不管怎么样，陈振伟给了蓝若竹这场盛大的婚礼，而且在很多事情上都面面俱到，从来不发脾气，就连住的地方都这么好，蓝若竹也说不出来一句怨言。蓝若竹自我安慰道："也许是他还不习惯两个人住在一起吧，没准过段时间他适应一下就会好了。"

可事情并不像蓝若竹想得那么简单，两个月一转眼就过去了，他们仍然分房睡。蓝若竹渐渐地怀疑陈振伟是不是有什么问题，所以她有次趁陈振伟洗澡的时候偷偷地检查了他的手机，发现除了平时工作联系的人并没有其他女人与他联系过密，这让蓝若竹越来越摸不着头脑了。

不过幸好还有工作可以转移她的注意力，她还是和以前一样的忙碌。而且，快到春节了，有很多业绩需要冲刺，她比平时更加忙。

"若竹姐你怎么还不走呀？我回来拿东西，没想到你还没走，你不是刚结婚不久吗，不回去陪陪你老公吗？"李雍菲突然从外面走了进来，看见还在工作的蓝若竹很不解地问。

"哦，他最近比较忙，所以我也不着急回去。"

"这样啊……那我先走了。今天周五，我约了朋友看电影却忘记拿电影票了，你说我这脑子。"李雍菲一脸甜蜜的表情，看样子好像是恋爱了。

"好的，那你快去吧，我一会儿忙完就回去了。"

蓝若竹忙完回到家后，陈振伟正在做饭。看见蓝若竹回家了，陈振伟非常开心，对她说："若竹，你可回来了，我怕你晚上饿，就给你准备了夜宵，你快去洗个澡吧，马上就能吃了。"

蓝若竹看着正在做饭的陈振伟心里还是挺感动的，她二话没说直接把手里的东西放在桌子上，用双手捧着他的脸颊，对着他的嘴开始热吻。

陈振伟轻轻地推开了蓝若竹，"若竹你别闹，我在做饭呢，一会儿糊了就不好吃了。"

"我没闹……我想……我想要……都好几个月了。"接着蓝若竹又开始亲吻他的脸颊、嘴唇，接下来是脖子，然后蓝若竹对他说，"你能不能不要冷落我了，都结婚两个月了，可我们还没有同房过……"

陈振伟愣了一下，然后开始回应蓝若竹，抱着蓝若竹到了床上，也开始对她的热情做出回应，两个人在床上开始翻江倒海，但是没过多久陈振伟停了下来，很失望地对蓝若竹说："对不起……我……我还是不行……"

　　……

　　蓝若竹瞬间明白了，陈振伟这些日子在逃避什么。怪不得他之前一直不想和蓝若竹去旅游，好不容易去了还是分房睡的。

　　她突然觉得自己挺可悲也挺可笑的。本来以为自己嫁了个人人都会羡慕的好男人，没想到华丽的外表下隐藏的居然是这样的伤口。

　　蓝若竹站起来，随便从床头拿了件衣服，想要转身离开。陈振伟抓住了她的手，对她说："若竹，你别走。我是真的爱你……我知道我不行，我一直知道，但是我真的喜欢你，我也一直以为你是喜欢我的，所以才想要嫁给我。没想到……没想到你还是接受不了，你是不是和那些女生一样肤浅……"

　　"你这简直是在道德绑架我！欺骗我！隐瞒我！我真后悔没有跟你去做婚前检查，而是盲目地嫁给你！"

　　蓝若竹不知道该怎么面对现在的情况，只想马上逃离这里，便甩开了陈振伟死死抓住的手，飞奔而出。

　　出了公寓以后，蓝若竹的眼泪流了下来，她替自己感到悲哀。她不知道自己应该去哪里，是去酒吧喝一顿酒把自己喝得烂醉，还是回家和妈妈哭诉这个结婚对象。但是想了想，好像都不现实。她不知道如果这件事情发生在其他人的身上，该如何应对？她开始迷茫起来。

　　此刻蓝若竹的手机一直在响，是陈振伟的来电，他不停地给她打电话，担心她的安全问题。但蓝若竹根本不想接，她无数次挂断，并拨打了倪恒书的电话。没过几秒钟，倪恒书马上接听了电话："喂……若竹吗？你怎么这么晚给我打电话？"

"我……"蓝若竹有些泣不成声。

"你给我发个定位，我马上过来，你站在原地不要动。"手机那边的倪恒书显得有些焦急，他还是非常担心蓝若竹的。

"好。"

倪恒书很快地出现在了蓝若竹的身边。他看到蹲在地上的蓝若竹，赶紧走上前去把她从地上拉了起来，"你到底怎么了？这么晚了为什么在外面？你老公去哪里了？"

蓝若竹看见是倪恒书来了，不争气地又哭了起来。

倪恒书被弄得有点不知所措，因为实在不知道究竟发生了什么，于是就带着她到了一家咖啡厅，倪恒书点了两杯水，把其中一杯递给蓝若竹，说："若竹，你现在可以告诉我怎么了吧？"

"恒书，"蓝若竹沉默了良久还是选择开口，"陈振伟他那方面不行，我不知道该怎么办了。"

"不行？"倪恒书瞬间明白了些什么，有些难为情地说，"你们结婚之前没有检查过吗？"

"没有，我一直都觉得他是一个不错的结婚对象，而且我父母都是比较喜欢他的。可我现在觉得这一切好讽刺……为什么我的命就这么苦，我曾经以为我可以过新的生活了，结果却变成了现在这样……我到底……做错了什么……"蓝若竹的双手紧紧地握着水杯，这些话她不敢对其他人说，也许现在唯一能够理解自己的人就只有倪恒书了吧。

"我想想，我想想……"倪恒书的双手放在下巴上不停地来回弹动着，听到这些话他也为蓝若竹非常苦恼，"要不然你就离婚吧，反正你们也没有孩子，没有什么可以分的东西。"

蓝若竹沉默了。她有些不知所措，因为她知道离婚并不是一件容易的事情。

咖啡厅是 24 小时营业，所以这一晚他们是在咖啡厅里度过的，第二天天亮后倪恒书才把蓝若竹送回了她父母家，"若竹，你再好好想想。无论你做出什么样的决定我都会支持你。"

蓝若竹点了点头，对他说："谢谢你。但是这件事情请不要告诉任何人，我觉得很丢人，就算我谢谢你了。"

她想着先回家和父母说清楚，再做决定。其实她自己心里也清楚，陈振伟确实是爱着自己的，但是他千不该万不该选择欺骗和隐瞒自己。

大概有两个多月都没有回家住过了，蓝若竹发现家里一个人都没有，空荡荡的。她洗了个澡便躺在了床上，深吸了口气，她突然觉得，就算这样一个人待着也很好。

小时候爸爸从来都不会陪伴自己，而妈妈的情绪化又非常严重，可能是受到了爸爸的影响吧。她只是想要一个人的空间，没有难过和悲伤，但是很难。

大概过了一个多小时，妈妈终于回到了家里，看到蓝若竹躺在床上很惊讶，问："若竹啊，你怎么回来了？这段时间和振伟过得怎么样呀？两个人是不是甜甜蜜蜜、如胶似漆的？哦对了，你看，我还给他买了一套家居服，正好你回去带给他……"

"妈……我想跟你说件事。"蓝若竹不知道该怎么说起这件事情。

"哦对了，邻居这两天和我说家里会停水，你还是回去住吧。

妈妈这两天也打算出去玩几天。"

"妈，你听我说，我想和他离婚。"蓝若竹还是说了出来，"原因的话……因为……因为……"

"闺女，我没听错吧？你居然想离婚？你这才刚结婚两个多月啊……到底是遇到什么问题了？你看人家振伟一表人才，对你也好，你有什么不满意的呢？"

蓝若竹的妈妈很着急地说了一大串，弄得蓝若竹更加不知道如何开口了……

"妈，我真的太痛苦了。我不知道自己为什么要嫁给他，而且就算是经历了很多的伤害，我怎么会依旧这么轻信别人。"蓝若竹痛苦地抱住了自己的脑袋，此刻的她很无助也很无力。她又突然想起了张昊天的神情，还有王昕嫉妒的眼神在脑海里一闪而过，接着歇斯底里地喊了出来。

"闺女……闺女你没事吧……"妈妈被她吓了一跳，很快抱住了蓝若竹，"到底是什么事情你告诉妈妈，不要让自己这么痛苦，没准可以解决呢？"

蓝若竹没有和妈妈继续谈论这个话题，而是像一个牵线木偶一样转身走进了自己的房间，"啪"的一下把门关上了。她谁也不能怪，虽然是妈妈给介绍的，但选择和决定却是自己做的。

她最终还是决定除了倪恒书不再将这件事情告诉其他人，尽管是对母亲她也难以开口，她感觉这一切就像是血淋淋的伤口，她不想再次摊开给其他人看。全于离婚这件事情，她想从长计议，毕竟得找一个让父母比较容易接受的理由。

后来妈妈也没有再问这个事情，权当她当时心情不好，想明白可能就好了。

蓝若竹在家里待了两天，最终在陈振伟的催促下还是回他那里住，毕竟一直待在父母家里会让邻居们说三道四。但蓝若竹并不打算原谅他。

　　"若竹，"陈振伟试图握住蓝若竹的手，却还是被她甩开了，他很无力地坐在沙发上抱住头对她说，"我真的不是有意要欺骗你的，你觉得我想这样吗？"

　　"也许我会因为同情和你在一起，可是你不应该欺骗我。"蓝若竹很失望地对他说，"现在这样只会让我觉得恶心。"

　　"是……我是恶心，可是我也以为你是真的喜欢我才选择嫁给我，而不是看重我的钱。你看我和你在一起的时候，我为了你花了那么钱，好歹也有几十万吧。你们女人都如此爱慕虚荣吗？"

　　"陈振伟，你真的很令人失望，不要偷换概念好吗？明明是你先欺骗了我！"

　　陈振伟哑口无言。

　　蓝若竹决定暂时住在陈振伟家里，毕竟自己目前也没有其他选择，只能默默地接受这一切，包括当他们共同的朋友上门来喝茶时，蓝若竹要装作没事人一样强颜欢笑。她唯一能做的就是让外人察觉不到这名存实亡的婚姻。

　　每次到了晚上，陈振伟都会到蓝若竹的房间里来，然后抱住她，对她温柔地说："若竹，我真的爱你，你看我们这段婚姻外人都是很羡慕的，你不要离开我好不好……"

　　"你别碰我，我讨厌你。"蓝若竹脱口而出这几个字。

　　这种洗脑对蓝若竹来说一点用都没有，因为她想要摆脱这一切，只是找不到突破口。

　　而唯一让蓝若竹有些安慰的则是工作，工作可以让她忘掉一切烦恼，所以她每天都很晚回家，而倪恒书总是陪着她。她其实没有想让任何人陪，只是想让自己多一些放松时刻，但总是会在公司门口看见默默等着自己的倪恒书。

"你怎么还不走？"

"我在等你。"倪恒书对蓝若竹说，"我最近工资比之前高了，所以新买了一辆摩托车，我可以带你去兜风。"

蓝若竹看着倪恒书新买的摩托车，很新奇地跑过去摸了摸。这辆摩托车确实还蛮帅的，全黑色金属的，倪恒书骑着这辆摩托车仿佛一改往日儒雅的模样，变得更加帅气了。

倪恒书骑着摩托车带着蓝若竹，蓝若竹扶着他，夜晚的微风吹着蓝若竹的脸颊，这一刻她好像忘却了所有的烦恼。

他们一起来到了一片草坪上，这个草坪很少有人来，不知道倪恒书是怎么发现这个地方的。草坪上都是倪恒书提前为蓝若竹准备好的气球与烟火。蓝若竹静静地看着这美丽的景象，还有夜空中的烟火，没有说话。

"若竹，你喜欢吗？"倪恒书脱掉了头盔看着蓝若竹，希望看到她脸上的惊喜，没想到却是无尽的忧愁和忧伤。

"我喜欢。可我好像已经配不上了。"蓝若竹望着天空，缓缓地对他说，"我觉得有些事情就好像这三月的烟火，短暂而快乐，可我……终究要回归到现实里，不是吗？"

"你可以选择和他离婚啊。我一直都在等你。"倪恒书很认真地看着蓝若竹的眼睛，希望她能够给自己肯定的答复。

"我们之间是不可能的，你放弃吧。"蓝若竹话音刚落，倪恒书的手机铃声响了起来，蓝若竹赶紧说："恒书，你快接电话吧，没准是什么急事。"

电话是李雍菲打来的，接完电话的倪恒书略显紧张，对蓝若竹说："对不起若竹，雍菲她好像在家出事了，说是自己做饭的时候点着了火，已经叫了消防了，但还是有点害怕，让我过去陪她。"

"要不然……我们一起去吧？"蓝若竹担心地说。蓝若竹还是很担心的，毕竟她一直都觉得李雍菲是个小女孩，需要被保护。

"那好，我们赶紧过去吧，我觉得她可能吓得不轻。"

倪恒书的摩托车骑得飞快，终于到了李雍菲家。蓝若竹站在李雍菲的家门口时愣住了，她没想到李雍菲家庭条件如此好。

听到倪恒书到了，李雍菲穿着拖鞋跑出来，抱住了倪恒书，说："恒书……我真的要被吓死了，我平时不怎么做饭的，都是家里的保姆给我做，今天她正好请假了。"说完她才发现蓝若竹在倪恒书身边，于是很疑惑又很惊讶地问："不过……你们怎么会在一起呢？"

蓝若竹有些尴尬地咳嗽了一下，没想到他们现在的关系居然如此亲密，很抱歉地说："对不起雍菲……其实我就是担心你的安危，所以才跟过来的。"

倪恒书为了缓解尴尬，轻轻地推开了李雍菲，对她说："现在没事了吧？你也不要太过紧张，下次不行叫个外卖，不要自己再做饭了。"

"你居然推开我？恒书……为什么？我就这么差劲吗？"李雍菲睁大眼睛看着倪恒书。

"对不起，我接一下电话。"蓝若竹的手机铃声正好响起，为了避免尴尬，她装作去一边接电话，"喂……振伟，你有什么事情吗？哦，好的，我马上就回家。"

倪恒书执意要送蓝若竹回家，被她果断地拒绝了。她最近一直都在忙自己的事情，没注意到李雍菲原来一直喜欢的人是倪恒书。蓝若竹并没有想介入他们的关系，但此刻确实很尴尬，她只能希望李雍菲不要介意。

回到家，蓝若竹没怎么理会陈振伟，自己一洗完澡便跑去睡觉了。

过了一会儿陈振伟过来敲门，"若竹，你睡了吗？我可以进来和你说说话吗？"

"不行。"蓝若竹直接拒绝，她真的不想再看见这个人了。

不过陈振伟还是开门进来了，看见躺在床上的蓝若竹，很诚恳地说："若竹，对不起。只要你不离开我，让我做什么都行，我已经想明白了。"

"那你跟我离婚好不好？我们找一个让彼此都体面的理由，让家人都接受。我现在只想要自由。"蓝若竹突然坐起来对陈振伟说，"我们离婚以后还可以联系，还是好朋友，请你不要继续这样了，我很累，压力很大。"

"不行。我不能跟你离婚。"陈振伟摇摇头，依然不认为自己做错了什么，反而问，"你是不是喜欢别人了？"

"你有病吧！你从不觉得是你自己做错了吗？"

"你还是不原谅我吗？我对你的心可是真的啊……"

蓝若竹听到这些话只是感觉很崩溃，直接把陈振伟从房间里推了出去，然后把门锁上，只听陈振伟在门外无奈地叹息。

日子一天天过去，蓝若竹想了很多，尽管离婚的事情没有什么进展，但她的心情稍微好了一些。可另一件事情却让她又郁闷起来。

蓝若竹发现自从她和倪恒书去过李雍菲家里后，李雍菲就开始疏远她了。李雍菲以前还会到她办公室和她唠嗑，但现在看见她转身便走。她很想去解释，但是一直没有机会，也不知道如何开口。而倪恒书还是和她走得很近，甚至还会每天给她带好吃的，无论她怎么拒绝，倪恒书还是坚持。

蓝若竹再次拒绝："你别给我带东西了，可以吗？这样很容易让别人误会，我不想我们的关系变得不清不楚，恒书，你应该知道我在说什么吧？"

"我只是想关心一下你，这也不可以吗？"倪恒书一脸委屈。

"你不知道李雍菲喜欢你吗？这样她会误会的！"

"我知道，可是我不喜欢她啊。单相思是没有用的。"

"可是你这样会陷我于不仁不义之地，你想过后果吗？我最近总有一些不好的预感，我的右眼皮一直在跳，我也不知道是为什么。"

"若竹，你是不是因为最近发生的事情太多了，精神有些敏感？不要想那么多了，我觉得雍菲是个大度的好女孩，不会计较那天的事情。"

"希望如此吧，我还是很在意我们之间的关系的，不想因此破裂。"

下班的时候，倪恒书等着蓝若竹一起离开公司，恰巧被李雍菲撞见了，她直接问："你们两个又要一起去干吗？"

"我这就要回家了。"蓝若竹对李雍菲微笑着说，"雍菲，你别误会，我和他只是普通同事而已。"

"普通同事？别骗人了好吗？倪恒书我喜欢你，你愿不愿意和我在一起？"没想到李雍菲直接开口表白，倪恒书和蓝若竹都很惊讶。看来李雍菲的性格确实是很直爽。

"雍菲，你听我说。"倪恒书把李雍菲拉到一边，不想让周围的同事看到这一幕。

蓝若竹无奈地笑了笑，对他们两个挥了挥手，自己打车回家去了。她想着现在怎么解释都是无力的，不如让倪恒书自己去处理，没准今天他们两个就在一起了呢。

第二天，蓝若竹刚到公司，董事长的助理就来了。蓝若竹尽管不知道董事长助理为什么而来，但总感觉凶多吉少。

董事长助理把蓝若竹、郑凯歌、李雍菲叫到了会议室，然后说："李雍菲向董事会提交了一份资料，今天我来主要是想了解一下具体情况，请李雍菲来向大家解释一下。"

李雍菲站了起来，仿佛在向蓝若竹宣告自己的胜利，随即对着蓝若竹说："是这样的，我和郑凯歌一起调查了一下公司大客户们这些年购买产品的情况，潘总在世的时候是最多的。自从蓝若竹当上总经理以后，那些大客户却消失得无影无踪，据调查都已经跑去别的公司了。这些都是我们调查的资料和清单。我想她应该是有意把重要客户带走，接着自己跳槽，好渔翁得利。"李雍菲拿出来一些文件，递给了董事长助理，"您好好看一下，我觉得她不仅不能继续胜任这个职务，就连公司都不应该让她继续待下去了，这种人……不配。"李雍菲故意把最后两个字咬得很重很重，仿佛已经对蓝若竹恨之入骨了。

一旁的郑凯歌添油加醋道："这些都是经我们查证的，资料之前已经提交给董事会了，而且之前还有人投诉她受贿。"蓝若竹直视着郑凯歌，没想到他还是给自己来了这么一出。看来她之前录音的事情，他并不是那么害怕，因为已经和李雍菲结盟了，可能是想要"鱼死网破"吧。

"李雍菲，你和郑凯歌私下做了什么交易我并不知道，我也不知道你对我的态度为何转变这么大。虽然那些大客户是我平时去洽谈的，但是他们为什么转到其他公司我也是不清楚的！我更没有和别的公司有什么私下的往来和交易，更没有想要跳槽，你们这些话简直就是污蔑！"蓝若竹看着所谓的证据，甚觉可笑，只能试图让自己保持冷静。

他们不仅想要总经理这个位置，甚至想将蓝若竹赶走。要知道，如果蓝若竹被浦升开除了，那么从今以后她在别的公司也是混不下去的。

"哦？是吗？"李雍菲挑了一下眉毛，曾经的小白兔而今变成了一个冷漠而刻薄的女人，她很淡定地对蓝若竹说，"可这些事情都摆在面前，除非你有证明自己清白的证据。"

蓝若竹此刻望着会议室的门，没听进去李雍菲的一字一句。因为她知道再辩驳也是无力的，这一切分明就是他们一起计划好的。李雍菲说完后，蓝若竹突然笑了起来，笑得李雍菲和郑凯歌有些发毛，问她："你笑什么？"

"笑你们，一起合伙想把我从总经理的位置上拉下来，就算这样还不够，非要赶尽杀绝才行。不过也罢，我蓝若竹问心无愧，所有的事情都出自你们之手，而我还想着我们之间的友谊，看来是我太天真了，和你们根本没有任何的感情可言。"也罢，蓝若竹觉得继续下去也没有什么意义，便转身离开了会议室。临走前对董事长助理说："今天我会把辞职信交到你手上，如果后期需要调查再通知我，我随时可以参与，我不会逃避任何事情。"

刚走出办公室，李雍菲便跟着走了出来，对蓝若竹说："我有话和你说。"

　　"你想说什么？宣告你和郑凯歌的计划胜利了吗？"蓝若竹转过头去狠狠地瞪了她一眼。

　　"你觉得你自己就没有任何过错吗？蓝若竹你未免也太过自信了吧，你是觉得这个世界都该围着你转吗？"

　　"什么意思？你到底想说什么？"

　　李雍菲蔑视地笑着，一个字一个字地对蓝若竹说："你不觉得你特别贱吗？明明有个老公对你这么好，而你还吃着碗里看着锅里的。"

　　"我一直都想和你解释，我和倪恒书什么都没有，真的是你想多了。"

　　"难道都是巧合吗？那次我和倪恒书一起去看电影，不是你给他打电话，叫他出来陪你的吗？那次我求他不要走，不要放我一个人，可他还是不管不顾地去找你了。直到昨天我才明白，他心里一直喜欢的都是你。他就像是一个奴隶，随叫随到，而你呢？你懂我此刻的心情吗？"

　　蓝若竹摇摇头，觉得有些荒谬，"既然你把爱情看得比天还大，正义和朋友在你面前也可以随便污蔑，那么我也没什么可说的，事已至此，你好自为之吧。不过我想说的最后一句是，我从来没有做过任何对不起你的事情。"

　　她根本不知道那天是他们一起去看电影，更不知道李雍菲一直喜欢的那个人居然是倪恒书，这不过是一场误会。但她知道，此刻再怎么解释都是无力的，因为她确实错了，她没有发觉到李雍菲的心里，但是她曾经是真心对她好，可是那些好比不上一个女人的妒忌。

　　她没再理会李雍菲说了些什么，只是独自收拾东西。此刻的蓝若竹感觉很委屈，估计现在公司里所有人看她的眼光都是异样的，都认为她是一个心肠很坏，还背叛了公司的女人，只为了自己多挣些钱。

　　李雍菲刚出办公室，老员工何鑫便走了进来，对她说："若竹，我听他们说你背叛了公司，可我知道你的为人，我根本不相信他们说的话，但我也不能帮你什么，只希望今后无论如何，你都要坚强，我相信你可以东山再起的。"

　　"谢谢您，还来送我……"蓝若竹抬起头来，眼泪在眼眶里打转。

　　蓝若竹拿着东西，一个人走在街上，有些颤颤巍巍的，仿佛随时都会晕倒。但是她依旧想要一个人走回家。

　　打车回去实在是太快了，这一路上她需要考虑的事情太多了，她害怕回家面对那个令自己厌恶的陈振伟，她的心情会更糟糕。

　　走着走着，蓝若竹的手机响了起来，是倪恒书打来的。蓝若竹的脑袋突然感觉更痛了，就好像是撕裂的感觉，紧接着"嗡"的一声，只觉得眼前突然一片漆黑，便晕了过去。

她一直告诉自己，无论遇到什么事情都不能被打倒，自己需要振作起来。虽然每个人都有隐藏在内心的伤口，但是这个伤口不应该变成伤害别人的利器。

第九章　伤痛

　　蓝若竹梦到自己处于一个封闭的环境中，周围一个人都没有，后来听到有人在哭泣，于是站起来顺着声音去寻找，突然发现在角落里有一个男孩。她过去拍了一下他的肩膀，那个男孩突然转过身来吓了蓝若竹一跳。

　　蓝若竹定睛一看，这个男孩竟是张昊飞。他眼角不停地流着血水，一直在对蓝若竹重复一句话："姐姐，姐姐，你救救我……"蓝若竹吓得离开了那个房间。

　　走廊上依旧很黑暗，蓝若竹只好摸着墙壁前行。蓝若竹此刻只觉得冷，觉得自己无法挣脱。就在缓慢前行的路上，她看到正前方有一对男女正在朝着她迎面走来……还没等看清楚是谁，她突然就醒了，大叫了一声："啊……"

　　"没事吧，若竹？你还好吗？"张昊天赶紧拉住蓝若竹颤抖的手，把手放在了她的额头上，"你怎么烧得这么厉害？你到底发生了什么事情？为什么会突然晕倒在大街上？"

　　蓝若竹万万没想到睁开眼看到的第一个人居然是张昊天，她曾以为这个人已经永远地消失在了自己的世界里。

她感觉自己仿佛做了一个很长的梦,这个梦很诡异,也很可怕,但她却希望自己这辈子都不要醒来,因为醒来以后会更痛苦,又要面对现实了,不如就让自己死在梦里吧。

蓝若竹眼里的张昊天和自己记忆中的好像不太一样了。他已经不是曾经的那个少年了,脸上的皱纹好像比以前多了,胡子也留了一些,略显沧桑。嘴唇有些干裂,甚至长出了几根白色的头发。

"渴……"蓝若竹用有些沙哑的嗓音对张昊天说,张昊天赶紧给蓝若竹倒了水。

喝完水,蓝若竹觉得自己稍微好一些了,便缓缓地对他说:"你……你最近还好吗?我已经很久没有看见你了……还有……还有我的东西呢?"

"我今天本来想要回公司办点事情,中途就发现你搬着东西从公司离开,我还觉得很奇怪,为什么你这么早就离开了,没想到没走几步你便晕倒了。"张昊天说,"我的情绪比之前稍微好一些了,最近都在读书,能让自己稍安静一点,不去想那些杂七杂八的事情。"张昊天的脾气好像缓和了很多,跟曾经的他简直判若两人。"哦对了,你的东西我都整理好了,放在桌子上。你到底怎么了,发生什么事情了,为什么会晕倒?"

"我……"还没等蓝若竹开口说话,倪恒书就从门口闯了进来。

"若竹,你怎么在医院?我刚到公司,他们就说你辞职了,刚给你打电话张昊大竟然说你在医院。到底发生什么了?怎么我刚离开半天就发生了这样的事情?"

"我……我也不知道我到底做什么了,估计以后再也回不去了。准确地说,我是被开除了。"

"什么？！到底发生什么事情了？"他们两个人再次问出了同样的话。

"李雍菲和郑凯歌两个人一起举报我，说我带走了公司的大客户要跳槽，可是我根本没有做过。我怀疑这件事情和李雍菲有关系，但是我没有任何证据。"

"既然这里没有我的事儿了，那么我就先走了，我还有工作要忙。"张昊天觉得既然倪恒书在这儿，自己也没必要陪着了，他也不想继续掺和这些事儿，毕竟自己已经离职了。

张昊天离开病房后，倪恒书对蓝若竹缓缓地说："对不起若竹，都怪我。"他的脸上表现出焦灼和懊悔，"如果我提前和李雍菲说清楚我的心意，也许这一切都不会发生了，我不知道她怎么会干出这样的事情。"

"随便吧。事已至此，我还能怎么样呢？"蓝若竹苦笑，已经不知道该怎么面对这一切了，更不知道该怎么面对去世的师父，还有自己的父母。

"若竹，你振作一些可以吗？我相信我们还能东山再起，不可能就这样了，我可以去替你解释清楚。"

"不必了，倪恒书。"蓝若竹把脸别了过去，并没有再和倪恒书说话。

医生说蓝若竹还要在医院里调养三四天，并没有什么大碍，只是疲劳过度而已。

在医院的这几天，蓝若竹总是盯着窗外发呆。她感觉自己好像忙碌了一个世纪，总是想要休息，总感觉自己有睡不够的觉。现在的她稍微好一些了，但又开始怀念在公司的日子。人真的是得不到什么的时候就想要什么。

"你好一点了吗？若竹。"还在发呆的蓝若竹突然听到了陈振伟的声音，有些吓到了。

她其实一点也不想要陈振伟来医院看望自己，蓝若竹根本就没有和他说自己住院了，不知道他到底哪里听来的消息。

"我好一些了。"蓝若竹抬起头来看着他，很淡定地回应着，"你如果忙的话就不用来看我了，我可以照顾好自己的。"

"你还是不愿意原谅我吗？我是真的很爱你啊！"陈振伟反应有些激动，很重地抓住了蓝若竹的手。

蓝若竹想挣脱陈振伟的桎梏，可无论怎么挣扎都没有用，他就像一个狗皮膏药一样一直缠着自己，只好说："你松开，你弄疼我了！我真的不喜欢你了，求求你别这样了，我很想离婚，能不能好聚好散！"

"不，不……我是真心的啊……"

就在此刻一个身影突然跑了进来，原来是倪恒书下班后来看蓝若竹了。看到此景，倪恒书马上把陈振伟拉开，对他说："她现在需要休息，你能不能不要这样。"

"呵，你又是谁？哦对，我想起来了，你就是她的那个同事对吧，我们夫妻的事关你什么事儿？"陈振伟明显有些气急败坏，对倪恒书狠狠地说，"蓝若竹，你不会是因为喜欢这小子才要和我离婚的吧？我之前就一直怀疑你是不是喜欢上别人了，原来果真如此啊！"

"你到底在胡说什么呢！"还没等倪恒书说完，陈振伟就狠狠一拳揍了上去，直接打掉了倪恒书的眼镜。倪恒书有些猝不及防，往后踉跄了几步，本来想要还手，却被蓝若竹挡住了。"陈振伟，你能不能别闹了，我们的事情和任何人都没有关系！明明是你欺骗我在先，不要恶人先告状了好吗！"

陈振伟也只好作罢，离开之前对倪恒书说："你等着！小子，我记住你了，我会再来找你的！"

蓝若竹直接瘫到在地上，她此刻只感觉到了悲哀。为什么生活这么难，不仅工作上被人陷害，就连感情也一直在被欺骗……

倪恒书赶紧把蓝若竹从地上扶了起来，安慰道："没事了，若竹，咱们不怕，他已经走了。"

蓝若竹抓住了倪恒书的胳膊，断断续续地说："恒书……我真的不知道以后该怎么面对这段婚姻。我很想离开他，可他就是不肯。"

倪恒书想了想对蓝若竹说："没事的，没事的，我想想办法，你不要害怕，你现在需要的就是好好睡一觉。"

蓝若竹点点头，虽然不知道未来的日子该怎么过，但是她一直告诉自己，无论遇到什么事情都不能被打倒，自己需要振作起来。虽然每个人都有隐藏在内心的伤口，但是这个伤口不应该变成伤害别人的利器。

她给自己做了一个计划，等身体养好了以后，她一定要去调查清楚李雍菲到底做了什么手脚，她不能离得不明不白。虽然可能很困难，或者是"胳膊终究拧不过大腿"，但是蓝若竹相信有些事情终究会水落石出。

终于到了出院的日子了，蓝若竹也想明白了很多。蓝若竹鼓起勇气，打算先去联系一下之前的那些客户，想从他们那里打听一下李雍菲到底和他们说了些什么，或者他们私下是不是有什么交易。

蓝若竹选择给其中一个女客户打了电话，想要一探究竟，"汪姐您好，我是蓝若竹，好久不联系了，有空和我一起吃顿饭吗？"

"哦……是你啊，你不是离职了吗？我觉得没有必要再吃饭了，咱们本来也不熟，如果没有其他事情就先挂了。"对方的态度从热情变得冷淡，好像防瘟疫一样防着蓝若竹。

真是树倒猢狲散，其实蓝若竹之前也料想到了这个结果，但是不服输的她还是给原来的客户挨个都打了一遍电话，结果不是直接被挂了电话，就是说自己没空。

"算了。"蓝若竹叹了口气，无奈之下，只能选择去求陈振伟。虽然她内心有一百个不愿意，但是她知道，此刻能帮助她的也就只有他了。她回到了家里，看见陈振伟正在看电视。她直接坐到茶几上，挡住了电视。

"怎么了？你是来提离婚的，想要和那个小白脸私奔？我告诉你，这是不可能的……"陈振伟以为蓝若竹是来谈判的，斩钉截铁地说。

"我今天不是来和你谈离婚的。"蓝若竹鼓起勇气对他说，"我是来和你谈条件的。我知道你一直想要一段外人看上去美好又和谐的婚姻，对于你的事情我也是非常同情。所以这段时间我想明白了，我可以不和你离婚，而且永远不再提离婚，只是希望你能帮我一件事情。"

"什么事情？"陈振伟的表情从回避变成了惊讶。

"我知道你们家背景很深厚，这次我被小人陷害，很不甘心，我想让你帮我……"蓝若竹恳求道，"只要你能帮我，我以后不会再提离婚了，而且会当好你的妻子。"

"你想我怎么帮你？"陈振伟抱着双臂问蓝若竹，"这可不

被隐藏的伤口

是一件小事，你确定我能帮到你吗？让我听听你的计划。"

……

蓝若竹从家里出来以后，深吸了口气，她告诉自己，必须要忍耐，学会默默地忍耐一切。

蓝若竹此刻抬头望了一下天空，她很想念那个严肃却慈祥的老人——师父。

她紧握着手里的地址，这个地址是张昊天给他的。那天倪恒书闯进来了以后，张昊天知道自己的存在没有任何意义，便把这个地址递给了蓝若竹，很落寞地对她说："这个是我现在打工的地址，如果你想，可以来找我。"

蓝若竹觉得有些真相应该去告诉张昊天了。

到了张昊天所在的咖啡厅，蓝若竹随便找个位置坐了下来，此时有个男人递给她一个菜单，她抬头一看果然是张昊天。

张昊天也没想到蓝若竹会这么快来寻自己，表现出很惊讶的样子，"若竹，你是来找我的吗？"

"自从你离职以后，我一直在怀念我们曾经的日子。曾经那样的美好，那个时候王昕、蔡轩，还有你的弟弟张昊飞都在……"

"你，你别说了。"张昊天听到这些人的名字明显有些受刺激，捂住脑袋，赶紧坐了下来。

"你……没事吧？"蓝若竹没想到张昊天还是没有从悲伤的情绪里走出来，反而更加严重了。

"你今天过来到底想和我说什么，如果是叙旧的话不如就算了。我已经不再去想过去了……我很痛苦。"张昊天痛苦地抱住了脑袋，对蓝若竹继续说，"你不是想知道从公司离职以后我去了哪里吗，我现在告诉你，我进了医院，确切地说是精神病医院。医生说我得了很严重的精神病，我总是能看到过去的那些人好像还在我身边。"

蓝若竹抬头看了一下张昊天，本来想伸手安慰他，想了想还是把手收了回去。

"我知道你会觉得我不够坚强，会觉得我自讨苦吃，甚至会嘲笑我，这些都没有关系，我已经不在意别人怎么想我了。在医院的时候我思考了很多，我知道我很混蛋，我也知道我对不起你，但是事情都发生了，已经回不去了，我没有办法改变过去。"

"对不起，张昊天，我应该早点来看你的。你应该看开一些，你看我……我现在也不比你好到哪里去。"蓝若竹苦笑。明明是万丈深渊，可是自己也要去跳，因为没有别的选择。

"我现在的情况稍微好了一些，但已经受不了打击了，我还是很害怕听到过去的事情，我在努力忘记。如果不是那天我刚巧路过，我想我应该也不会再见到你了……我很害怕……很害怕……"

蓝若竹很同情地看着张昊天，虽然她知道自己不应该残忍地继续这个话题，但还是选择告诉张昊天关于张昊飞的所有事情。

"你知道张昊飞是怎么死的吗？"

"怎么死的？他自杀的啊！"张昊天激动地站了起来，"蓝若竹，你到底想说什么？"此时咖啡厅里的所有人都望向他们。

"张昊天，"蓝若竹安抚道，"你不要激动，冷静下来。我接下来告诉你的事情是我后来知道的。张昊飞就像是我的亲弟弟一样，他的离开也给了我沉重的打击。我去了他的高中，找了他的老师了解情况，我还录音了，你可以自己听一下。"

蓝若竹拿出自己的手机，播放了当时王老师对她和倪恒书说的话。

"当时如果没有郑凯歌领头的校园霸凌，我想昊飞也不至于会有这个结局，其实之前我不想告诉你，因为怕你做什么出格的事情，但现在，我觉得没有必要替任何人隐瞒了。"

"这……这怎么会呢？他在我身边那么久，我为什么就没有发现呢……"张昊天抱住了脑袋，表情更加痛苦和凝重了。

"你信我也好，不信我也罢，你也可以自己去调查，当然你也可以选择抛弃过去的一切，这都由你。时间不早了，我先走了。"

离开咖啡厅以后，蓝若竹接下来要做的事情就是等待陈振伟的消息了。她必须要弄清楚李雍菲背着她到底做了什么事情。

果然过了几天，消息来了。陈振伟告诉蓝若竹，他打听到了李雍菲家里司机的联系方式，而且他知道一些司机的秘密，如果司机可以帮助她的话，有些事情就能够真相大白，水落石出了。

蓝若竹左思右想，还是选择拨打了那个电话，尽管司机很诧异，但还是和蓝若竹约好了见面地点与时间。

下午三点，郊区一家咖啡厅。

"请问您是？"李雍菲家的司机问。

"您好，我叫蓝若竹。您是方枫吧？"蓝若竹很有礼貌地对他打了招呼。

"嗯，是的。请问您找我来是有什么事情吗？"方枫很警觉地问。

"我今天来是有求于您的。如果您能帮助我，我给您的好处可是您想象不到的，您不想坐下来听一听吗？"

"哦?"方枫挑了一下眉毛,虽然不知道蓝若竹约他的目的,但是好奇心驱使他坐了下来,"那您不妨说来听听。"

"是我老公约您来的,他叫陈振伟,您应该知道他。"

"我知道的,陈老的儿子嘛,但是这和你求我的事情有什么关系吗?"

蓝若竹很耐心地对方枫说:"我知道您是李雍菲的爸爸李骅的司机,他公司偷税漏税等违法行为应该不少,我想您应该也会有所了解。如果您把相关的证据提供给我,我相信他们很快就会落网。"

"我为什么要帮你?"方枫很不屑地看了一下蓝若竹,"我真的听不懂你在说什么,我只是一个司机而已。"

"为什么要帮我?就凭你老婆也和李骅上过床,而你同样恨他。"

方枫突然激动地站了起来,狠狠地拍了一下桌子,"你还知道些什么?!不如全部说出来!"

其实在家里的时候,陈振伟就已经把所有的事情和蓝若竹说清楚了。

"总而言之,我们不如联手把他们一起从位置上拉下来,好处嘛,就是之后我会让我老公推荐你去更大的公司任职,这样也报了你的仇。"

"你让我好好想一想,毕竟事关重大。我有你的联系方式,等想好了我会主动联系你的,这期间你千万不要再来找我。"方枫站起来,转身离开了。

蓝若竹也能理解他的立场,不过她相信他会想明白的。如果陈振伟没有告诉她这些事情,她也不能确定这一局能够扳回来,现在的蓝若竹显得胸有成竹。

回到家，蓝若竹已经筋疲力尽。她只想踏实地睡一觉，闭上眼睛什么都不去管。

最近她的失眠越来越严重了，好不容易睡着了，又会做各种各样的噩梦，然后被惊醒。躺在床上的蓝若竹怎么也睡不着，无奈之下，她吃了片安眠药。

这期间倪恒书总是联系蓝若竹，但是蓝若竹并没有接电话或者是回短信。因为在那天和陈振伟谈判的内容里面，便有倪恒书这一条。

蓝若竹闭上眼睛回忆……

"你想我怎么帮你？"陈振伟抱着双臂问蓝若竹，"这可不是一件小事，你确定我能帮到你吗？让我听听你的计划。"

"你只需要帮我联系到相关的人，剩下的不用你管。"

"这，这是一件很难的事情，我只能帮你一个开头。我虽然很不想帮你，但是在我心里你依旧很重要，就算你恨我入骨。"

"你放心，"蓝若竹对陈振伟发誓，"只要你帮了我，以后我不会再提离婚了，包括答应你的事情我也会做到。"

"哦？所有的事情吗？"陈振伟挑了一下眉毛，有些挑衅道，"希望你以后不要再理会倪恒书那个小子了，我知道他非常喜欢你。"

不知不觉，蓝若竹竟然睡着了。迷迷糊糊中，蓝若竹听到了手机铃声，她摸到手机一看，已经是凌晨两点多了，电话是张昊天打来的。

"喂，怎么了张昊天？"蓝若竹不知道他这么晚打来做什么，却还是接听了。

电话那头的张昊天一直沉默。

"喂？喂？"

"若竹，我不知道最后这一通电话该打给谁，因为这个世界上我已经没有亲人了。我想了想，你一直是我最亲近的人。"电话那头的张昊天有些哽咽，"但那天在酒吧里，我想和你说的话并没有说完，我想说的是对我来讲爱情不过是昙花一现的热情，而你对我来说却是今生无可替代的唯一。"

蓝若竹不理解为何张昊天会突然说这些，只能沉默。

"我知道可能我和你已经是两条平行线了，这辈子都不会再有交集，但是有些话我还是要说出来。"

"你到底想干吗，张昊天？"

"对不起。其实失去你是我这辈子最大的遗憾，可我知道我再也无法弥补了，那么不如再见。"说完张昊天便把电话挂断了，留下一片空白的宁静。

她曾经以为离开了张昊天，这个世界上就没有任何可以再捆绑住自己的事情，但没想到的是，现在的她依然没有感觉到自由。

第十章　了结

早晨，蓝若竹和陈振伟在静静地吃着早餐，电视里播报着新闻。见蓝若竹一直在很认真地听，陈振伟很好奇，"没想到你对新闻如此感兴趣。"

"没什么，就是太无聊了，随便听听而已。"

"哦对了，今天我妈让咱们晚上一起回她那里吃饭，晚上还会来很多重要的朋友，所以你必须来。"陈振伟对蓝若竹命令道。

"好。"蓝若竹扎了一口盘子里的煎鸡蛋紧接着放在了嘴里，"还有其他事情吗？"

"没有了。"

"那我就回房间休息了。"蓝若竹摆了摆手，把自己关进了房间，而陈振伟照常上班去了。

不一会儿，门铃响起，一开门，蓝若竹便见到王冕和一位警察。

"蓝小姐，我们又见面了。"王冕说。

"发生什么事情了吗？还是潘总的案子有进展了？"

"是这样的，张昊天昨天把郑凯歌杀了，而后选择了自杀。不过，他被抢救回来了，但郑凯歌没被抢救过来。"

"他……他还活着？"

"是的。根据我们的调查，张昊天的最后一通电话是打给你的，我们想了解一下具体情况。"

蓝若竹缓解了一下自己的情绪，接着想了一下，对王冕说："昨天半夜，张昊天给我打来电话，我虽然觉得奇怪，但也没多想，挂断电话后就继续睡了。说实话，这件事情我有责任，张昊天杀郑凯歌是因为他知道了郑凯歌就是当年霸凌张昊飞的元凶，而这件事情是我告诉张昊天的。"

"你怎么知道的？你告诉他的初衷是什么？"

"这是我们的私人恩怨，抱歉，我并不想说。"

"那张昊天自杀前给你打电话说了些什么？"

"她告诉我让我照顾好自己。"

"哦……好的。如果还有什么事情，我们还会联系您的，今天就先这样，谢谢！"王冕干练地抬起右手伸向了蓝若竹。

"对了，王警官，我想知道潘志的案件现在有没有进展了？"

"暂时还没有线索。"

"哦，好吧。"蓝若竹有些失望，还想继续和王冕警官说些什么，想了想还是没有开口。可当王冕和那位警察刚转过身时，蓝若竹突然问："我可以去看看张昊天吗？他现在在哪个医院？毕竟他在这个世界上已经没有其他的亲人了。"

王冕说："等消息吧，到时候我会通知你。"

王冕他们离开后，蓝若竹深吸了一口气。说实话，这个结果在情理之中又在意料之外，她不是没有料想过张昊天的反应，只是没想到他会如此极端，不过还好他还活着。

　　下午五点多，蓝若竹按照陈振伟的叮嘱去参加家庭聚会。出发前，蓝若竹照了照镜子，看着镜子里的自己如此无精打采，只好用口红掩盖自己的憔悴。她努力微笑着，打起了精神。

　　路上非常堵，蓝若竹花了大概一个小时才到婆婆杨岚的家里。

　　"你怎么迟到了呢？"婆婆没好气地质问她。

　　"路上有些堵车，实在不好意思。"蓝若竹低着头道歉。

　　"唉，你们这些年轻人简直是太不尊重老人了，怎么能迟到呢？你不知道家庭聚会对我们家来说有多重要吗？快坐下吧，就等你了。"杨岚依旧趾高气扬，陈振伟并没有替蓝若竹说一句话，只是尴尬地笑了笑，让妈妈不要继续生气了。

　　杨岚就这么一个儿子，所以对他格外的珍惜，甚至是有过强的控制和占有欲。

　　"哦，对了，"杨岚左手拿着刀具，右手拿着叉子，突然转过头来对蓝若竹说，"你来我家也有一段时间了，我看你俩相处得也挺好的，打算什么时候生个孩子啊？我见你这肚子也没什么动静……不会是生不出来吧？"

　　蓝若竹愣住了，她原本以为这个事情婆婆是知道的，"妈，您知道陈振伟他……"还没等她说完，就被陈振伟打断了，"妈，我们在努力呢，您放心吧，很快就会让您抱孙子的。"

　　"我知道你想要孩子，但是我就怕是这个女人生不出来啊。而且咱们家那么多家产呢，如果不是男孩的话，你们还是要继续生，知道了吗？"杨岚当着在场所有人的面说出了这些话，此刻蓝若竹只想找个地缝钻进去。

蓝若竹知道自己已经上了"贼船"，无论怎样都已经百口莫辩。她要学会听话，然后对他们家里的人唯唯诺诺，才是最好的选择。这种感觉很压抑，她感觉每一寸肌肤都刺痛着。

她曾经以为离开了张昊天，这个世界上就没有任何可以再捆绑住自己的事情，但没想到的是，现在的她依然没有感觉到自由。

吃完了晚饭，大家自由活动。陈振伟则忙着和各种各样的人聊天，仿佛蓝若竹不存在一般，而其他人也仿佛并不认识她，不给她一个眼神、一个微笑。

蓝若竹百无聊赖地站在窗边看着外面，手机铃声打断了她的思绪，倪恒书打来的。她害怕陈振伟知道他们还有联系，所以挂掉电话。但是没想到倪恒书发来了短信：若竹，请你一定要接电话，我有很重要的事情对你说。无奈，蓝若竹把电话回了过去。

"喂，恒书，你有什么事儿吗？"蓝若竹问。

"若竹，你现在在哪呢？我想见你，想聊一下关于张昊天与郑凯歌的事。"倪恒书说。

"恒书，我现在不方便，你把地址发给我，我们晚点见面再说吧。"蓝若竹挂了电话。

不一会儿，蓝若竹便离开了陈振伟父母家，去和倪恒书约定好的地方。她很想知道倪恒书到底想要做什么，还有想要和自己说些什么。

倪恒书很早就到了，他看到蓝若竹来了就说："若竹，你终于来了。"

"恒书，你今天找我是为了什么？"

"若竹，我们不如打开天窗说亮话吧。我虽然不知道你究竟和张昊天说了什么，但是我知道你想要的是什么，不如……"

蓝若竹沉默了。她把真相告诉张昊天确实是想惩罚郑凯歌，但她根本没有想到事情会变成这样。

倪恒书突然把蓝若竹拥进了怀里，在她耳边小声说："我知道你在想什么。但是你不能脏了自己的手，你如果真的想做什么，让我来，我愿意为你付出一切。"

蓝若竹不敢相信倪恒书会说出这种话来，"你……你在说什么呢？"

"你现在只需要告诉我，你想让我做什么。"倪恒书盯着蓝若竹的眼睛一个字一个字地说。

"我什么都不需要你做，你也不要自以为很了解我，我希望今后我们保持些距离。"蓝若竹说完便转身离开。

蓝若竹回到家，陈振伟正在沙发上坐着。蓝若竹刚靠近，他一巴掌就打了过去。因为没有任何防备，蓝若竹跌倒在了地上，她捂着脸对陈振伟嘶吼道："你为什么打我？"

"蓝若竹你别装傻了，你又去见你那个同事了吧！我刚才看见你从我家出去了，也没有跟我打招呼，我就让司机跟着你，没想到你居然和那个男人去约会，还抱在了一起？你不是答应我远离他吗？我跟你讲，你的事情我不可能再继续帮你了，因为你让我太失望了！说话根本不算数！"陈振伟很不理智，这次他把所有难听的话都说了一遍，甚至扬言如果蓝若竹再这样和倪恒书断不清楚，就要把她掐死。

蓝若竹知道无论自己再怎么解释都是没用的，只能乞求道："我和他之间什么都没有，我希望你能再给我一次机会。"

"不可能了！你以后就在家里待着吧，不用再幻想回去浦升上班了，你也不是曾经的那个蓝总了！"陈振伟的一句一字都刺痛着蓝若竹的心。

陈振伟说完这些话，扬长而去，留蓝若竹一人在家……

蓝若竹颤颤巍巍地扶着沙发站起来，去卫生间照了一下镜子，脸颊有些红肿，眼睛肿得就像是金鱼的眼睛。她从未想过自己会走到今天这个地步，为何身边的人要一而再再而三地苦苦相逼。想到陈振伟说不帮自己时，她赶紧跑到客厅，从包里找到手机，拨通了方枫的电话。

"您好方枫，我是蓝若竹，那件事情您考虑得怎么样了？"

"蓝若竹，我不是不让你随便联系我吗？不过……那件事情我可以帮你，但是你得先给我一部分钱。"方枫还是选择了相信蓝若竹。

蓝若竹思考了一下，现在这个节骨眼上，也只能选择孤注一掷了。

第二天，他们如约在永寿路见面，方枫把车停在了路边，蓝若竹戴着墨镜坐上了方枫的车。蓝若竹递给方枫一摞现金，这些钱都是她自己攒的，是她全部的积蓄。方枫数了数，满意地对蓝若竹说："蓝小姐，我们现在是一条船上的人了，我相信我们都不会出卖对方的，对吧？"

"当然不会的，希望我们合作愉快。"

方枫把录音和行车记录仪都递给了蓝若竹，并对她说："这是我这些年搜集的证据。如果只是我单方面去做这个事情，我觉得肯定掀不起什么波澜。但是您不一样，您背后是有靠山的。"

蓝若竹点了点头，说："您放心，这就是我个人的行为，与您没有关系。"

回到家，整理好所有的资料以后，蓝若竹便给王觅打了电话。

事情如蓝若竹所期望的顺利展开，李骅的公司被查封，而李骅也因各种违法犯罪行为被立案调查。至于李雍菲，正四处为父亲的事情奔波。

　　不过令蓝若竹感到奇怪的是，自打那天晚上出门后，陈振伟已经一个星期没有回家了，起初她以为陈振伟只是回父母家住了，但依照婆婆的脾气，肯定会找自己算账的，可婆婆那一点动静都没有。怕有意外发生，蓝若竹拨打了陈振伟的电话，手机竟然关机了，给他公司打电话，公司也说他已经一个星期没有出现了……

　　蓝若竹觉得不太对劲，便联系了婆婆，婆婆一听心急如焚，一直在问蓝若竹儿子的去向。蓝若竹没有其他办法，只好选择了报警。

　　向警察说明情况后，她们能做的只有等待。

倪恒书继续微笑着，看着蓝若竹，希望蓝若竹能开心一些。蓝若竹对于他来说就像是夜空中最闪亮的那颗星星，一直指引着在生活中迷茫的他。

第十一章　消息

今天晚上蓝若竹又做梦了。

她梦到他们刚毕业参加工作时，她看着张昊天工作的背影，他的背影是那样熟悉，好像和上学时喜欢打篮球的张昊天一样，永远是那个让她梦寐以求的身影。彼时的蓝若竹坚定地坐在自己的办公桌上，告诉自己一定要努力做到最好，也一直幻想着自己美好的未来。

她还看到了昔日的师父戴着眼镜坐在办公桌上看着公司的报表，她为师父端去了茶水，两个人对视着微微一笑。

梦醒了，这一切原来是多么的美好，现实就有多么的残酷。蓝若竹捂着胸口，感觉到自己的心依旧隐隐作痛。

她给自己倒了一杯热水，坐在窗边。不一会儿，电话铃声就响了起来，来电是王冕。

"喂，蓝小姐，我们调查到您先生的电话关机之前的信号出现在河东地带，您先生之前是否去过那边？"

"去过，我先生很喜欢去那边爬山，他说那边的山很陡峭，也很有趣，能够认识很多的驴友……"蓝若竹一五一十地回答。

"那就对了，我们会沿着这条线索继续查下去，估计很快就会有结果，麻烦您再耐心等待几日！"说完，王冕便挂断了电话。蓝若竹深吸一口气，猛地喝了一口水。不知怎的，蓝若竹突然想到了倪恒书。

她坐在沙发上回忆着那天和倪恒书见面的情景。

那天倪恒书突然把蓝若竹拥进了怀里，告诉她只要她想要他做什么，他都会去做。蓝若竹在倪恒书的怀里沉默了。她试图把他推开，却闻到了他身上淡淡的香水味。

"你想帮我做什么？"蓝若竹反问，"我都说了很多遍了，我不需要你。"

"我只是想让你开心。"倪恒书轻轻地说出了这几个字，"远离是非之地吧，你需要真正的重生。"

"可你为什么要从公司辞职？那不是你重视的工作吗？你为此努力了那么多，我都看在眼里了。"

"公司已经没有你了，我回去做什么？"

"咱们还是保持距离吧，别忘了我们之间还有个李雍菲，她那么喜欢你，你为了我根本不值得，而且我从来没喜欢过你。"

蓝若竹想了很久很久。虽然她也真的被倪恒书感动过，但她知道那并不是爱情。曾经她全部的爱情都用在了张昊天身上，现在的自己已经爱无能了。

为什么陈振伟会突然消失？难道与倪恒书有关？她越想越害怕，害怕自己的想法成真。但她又没有勇气将这个想法告诉警察，对于倪恒书，她多少还是有些不舍的。

经讨了两天的前熬，蓝若竹再次接到了王冕的电话，"喂，蓝小姐您好，我们搜查队已经在周围的野山上找到您先生的尸体了，麻烦您过来确认一下。"蓝若竹还是等到了这个消息。

她鼓起勇气，马上把这个消息告诉了自己的婆婆，还有父母。蓝若竹知道这个事情终究是瞒不住的，他们早晚都要去接受和面对。虽然她早就料到了婆婆会以一个什么样的态度来对自己。

他们一起到了北都市的医院，陈振伟的遗体很快从河东那边运了过来。看见他的遗体，所有人都泣不成声。

"这……这到底是为什么？我儿子，我儿子到底是怎么死的？医生、警察……你们……你们查清楚了吗？！"陈振伟的妈妈大声地质问，"为什么……为什么会这样……我的儿子啊……"

此刻，蓝若竹的父母也沉默着，他们也为陈振伟的死而感到惋惜。

"杨女士，节哀。"王冕对陈振伟的妈妈说，"死者是从悬崖上摔下来的，因为颅内脑损伤，直接伤到呼吸中枢，导致呼吸衰竭而亡。具体的死亡经过还在调查，我们现在正在联系附近的民警把山附近的监控都调出来。但是您还是要做好心理准备，因为野山附近的摄像头是非常少的。"

"我……我不信，这个一定不是我儿子！"陈振伟的妈妈尖叫着转身用手指指向了蓝若竹，"我儿子那么好的一个人，怎么可能说发生意外就发生意外……这一定是你搞的鬼！"

"我拜托你，说话要讲证据好吗？"蓝若竹的妈妈站起来对着杨岚说，"他们毕竟是夫妻，我女儿也很伤心，你怎么能怀疑是我女儿做的？我女儿的心这么好，你们不是不知道啊！"

"呵呵……你女儿一直就看我家儿子不顺眼，具体的事情经过振伟也不告诉我，但我心里清楚，其实她早就想离婚了吧！"

蓝若竹沉默了。她望着此刻有些发疯与失控的婆婆，也不知道该如何去说。

"好了，你们不要吵了。既然死者已死，就让他安息吧！这样吵下去没有任何意义，请你们都出去。"法医开口了。

杨岚并不打算放过蓝若竹，接着狠狠地对她说："我们现在就等着警方的调查结果，如果他们发现这件事情与你有任何关联，我绝对不会放过你！"

"好了好了。"蓝若竹父亲连忙打圆场，对杨岚说，"现在振伟已经走了，大家都是万分悲痛。若竹心里也很难过，咱们等着警方的调查结果吧。"

蓝若竹跟着自己的父母回到了家里。

"若竹，"蓝若竹父亲突然张口质问蓝若竹，"你婆婆所说的，你们的隔阂到底是什么？之前你们就闹离婚我也是知道的。还有就是，为什么陈振伟会突然从山上掉下去？"

蓝若竹此刻内心只是觉得苦涩。

"没什么的，爸妈。事已至此，我还能怎么样呢……"

"怎么会没什么，你为什么什么都不跟爸妈说呢？如今发生了这样的事情，简直是家门不幸！"爸爸突然站了起来，狠狠地拍了一下桌子，对蓝若竹说，"虽然我相信你不会做什么坏事，但是这件事情的经过你得一五一十地告诉我们！"

"你们到底想听什么呢？"蓝若竹难过地笑出了声音，眼泪滴答滴答地往下流，"难道是想听为何我们结婚好几个月了，也没有发生任何的性关系？还是想听他如何把我骗进婚姻里，然后套牢我的？"

"他……"妈妈听到这些话后捂住了嘴，"难道……他……

你为什么之前不告诉我们呢……爸妈会替你做主的啊！"

"对啊，他就是不行，他那个方面不行！我和他在一起你们这辈子都别想抱外孙子！可是现在呢，你们一个个跑过来质疑我、数落我、威胁我，到底有何用？这件事情打一开始就是错的！你们一个个谁在乎过我的感受？你们无非就是在乎你们的面子！如果我和陈振伟离婚了，你们就觉得邻居和朋友会说三道四……可是……可是……到底谁真正在乎过我的感受呢？"

蓝若竹的父母听到这些后惊讶得不知如何开口。

我们往往都太在意自己的面子，太在意别人的看法和眼光，以至于忽略了最爱的人的感受。其实蓝若竹想了很久，才想明白这个道理。

她很想回到几年前的某个夜晚，就算是刚和张昊天分手的那个夜晚也是可以的，至少如果自己能够坦然地接受这一切，那么都还是可以回到原点的。她该选择体谅，该明白本来就有缘无分的两个人，无论自己再如何挣扎都是没有任何意义的。

可是现在的这一切，又该怎样回到原点呢？

第二天，蓝若竹妈妈一早就来到了她的房间，怀着歉意对蓝若竹说："若竹，妈妈想了一夜，确实是我们忽略了你的感受，但是不让你们离婚也是为了你好，女孩子再嫁很难的……当然我们也没有料到会发生这种情况，不过爸妈会一直陪着你度过这最难的时候的……"

蓝若竹看着妈妈，眼泪在眼眶里打转，"谢谢妈妈，可我或许让你们失望了。我不再是别人家的孩子，也不是父母口中那个最完美的孩子。"

"不……不是的，若竹，你永远是我们的骄傲。我们后悔的是，之前一直忽略你的感受，没有及时问清楚你们到底发生了什么，导致你一直很不快乐。"

　　还没等妈妈说完，蓝若竹的手机就响了起来，一看是陌生的号码，蓝若竹便挂掉了。可陌生号码紧接着又打了过来，显然手机那头的人不罢休，蓝若竹便接了起来。

　　"喂……是我，我是倪恒书。你最近还好吗？"倪恒书的声音明显沙哑了很多。

　　"有事情吗？我们不应该再见面的……"

　　"我想见你，你来我家吧。"倪恒书沉默了一会儿，突然说。

　　"陈振伟的事情和你有关吗？"蓝若竹走到一旁小声问。

　　"你来我家，我把一切都告诉你，不过请你先不要报警，你放心，我不会伤害你的。"

　　"好，我晚上过去。"蓝若竹答应了，她想劝他去自首。

　　今晚月色刚刚好，蓝若竹来到倪恒书的家门口，敲了敲门，却没有人回应，蓝若竹以为倪恒书在耍她，又等了两分钟，她收到了一条短信，是倪恒书发的。倪恒书把他家里的密码告诉了蓝若竹，并让她先进去等他，他随后就到。

　　蓝若竹顺利地进入了倪恒书的家，室内一尘不染，很是整洁。好奇心驱使蓝若竹参观了一下。桌子上没有一点灰尘，就连被褥都像是宾馆一样，被叠得整整齐齐。书房里全部都是心理学和探案小说。而桌子的正中央是一本日记，日记是敞开的，蓝若竹很好奇里面的内容，便坐下来打开看。

　　……

　　被隐藏的伤口

2020 年 5 月 18 日

我终于如愿以偿地进入了浦升，这是我多年努力的结果。虽然母亲已经不在了，但是我的努力她一定看得到，因为我知道在她心里我一定是最棒最优秀的。我的生活马上就要有新的开始了，虽然过去我不想再去回忆，但是我知道未来一定会更美好。未来一定掌握在我自己的手里，我相信就算我只有自己也是可以的。

2020 年 6 月 20 日

我以为我进入了浦升上班，就能有一个优越的人生，看来我还是太天真了。刚进来我还是个实习生，大家对我都不是那么信任，甚至是很冷淡，尤其是潘志好严厉，我希望能通过我的努力获得他们的认可。

2020 年 7 月 30 日

我最近感觉好累，好疲惫。以为实习期只需要三个月，没想到潘志告诉我实习期要半年，为什么会这么久……大家都欺负我是个实习生，把所有的脏活、累活都交给我做，我明明是来工作的，为什么天天让我打扫卫生，还要端茶倒水。我不知道这样的日子到底能坚持多久。

2020 年 8 月 10 日

我今天去医院检查了一下，医生说我有中度抑郁症，说我太过焦虑和紧张，不应该再继续工作了。可是如果我不继续工作，就没有办法转正。我也没有任何其他的经济来源和收入，没有办法养活自己，在北都的压力真的很大。最近因为看病又花了好多钱，我实习期的工资只有三千多，已经晚交房租好几天了，房东说如果再不交钱就赶我出去，连押金都不会退给我。我现在真的是饥寒交迫啊……他们让我买咖啡的钱也都不给我，我该怎么过，我好想自杀。

2020 年 8 月 15 日

我还是选择继续坚持工作，可是我的同事依旧不会善待我，他们对我是那么的吝啬和冷漠。我心里压抑得好难受，我好想把他们都杀掉，然后自杀，为什么世界如此残酷？我一直在压抑着心中的抑郁和愤怒，可是他们根本看不到我的情绪，就好像我可以一直顺着他们一样。为什么这个社会上的巨婴那么多，而这一切却让我负责？

2020 年 8 月 20 日

我想了一个晚上，不知道这是第几个辗转难眠的夜晚。我决定一早上就去公司门口倒上汽油，等他们陆续到了公司之后，接着用火把他们所有人都烧死，这样我也能真正地解脱了。他们不应该这样对我……他们怎么能这样对我……

2020 年 8 月 22 日

我竟然没有死……

但是我却不小心把潘志杀掉了，不……这不是我的意愿，我是想和他们所有人一起死的。在我准备浇汽油的时候被潘志发现了，我不知道他竟然会这么早去公司。他说他要报警，要把我交给警察，但是这不是我想的。如果是这样，我的后半生就毁了，以后没有任何行业敢要我……我恳求他不要报警，他不听。在争执的过程中我把他用皮带勒死了。无奈下，我把他拖到了公司的杂物室里，伪装成上吊自杀的样子。接着我把监控视频的 U 盘拿走并扔到了附近的垃圾桶里。至少警方那边找不到任何证据，就算发现了我也认了，反正我早就不想活了。

2020 年 8 月 30 日

最近这段时间，我每天都能梦到潘志。我觉得我对他有很深的愧疚感，但我也不能去自首，因为我突然发现人生还充满了希望，因为我遇见了她。虽然以前我们并没有什么交集，可是她和那些人不一样。她很尊重我，甚至会叫我恒书，而不是像那些人直接叫我"你"。我喜欢看她笑的样子，虽然她总是脸上写满了忧愁，好像也不怎么开心。我很想进入她的世界，看看她到底在想些什么。

2020 年 9 月 10 日

我发现我喜欢上她了，她也渐渐地开始注意我了。没想到我们居然会在医院里偶遇。她告诉我她失恋了，打胎的痛苦我也能够感受到。我能够理解她的感受，她有着和我一样的性格，都那么能忍耐。但是那些人永远不能理解我们默默忍耐的背后，到底有多少的难过和悲哀。

日记只写到这里，后面的内容被倪恒书撕掉了。蓝若竹并不知道后面他究竟写了些什么，但是光这些足够让她震惊了。没想到潘志居然是被倪恒书杀死的……之前她甚至怀疑过张昊天、郑凯歌，还有蔡轩，但是没想到这件事情居然是倪恒书做的。她的拳头握得紧紧的，指甲把皮肤轧出了印记。

她反复地看着这本日记，并用手机拍了下来。此刻门铃响了起来，应该是倪恒书到了。蓝若竹平复了一下心情，去给他开门。

今天的倪恒书穿了一件白色的衬衫，脸上还是挂着令人安心的笑容。

"若竹，你来了，我给你带了你一直想去吃的那家蛋糕。"倪恒书走进来，把袋子里的蛋糕拿了出来，"虽然你没跟我说过，但是我看见你朋友圈里说想要去吃的。"

"你……"蓝若竹下意识地和倪恒书保持距离，有些惶恐地说，"是你杀害的潘总，对吗？"

倪恒书并没有表现出很惊讶的样子，反而是很放松。他没有直接回应蓝若竹的问题，只是把蛋糕放在了桌子上，对蓝若竹缓缓地说："我今天过生日，你就不能陪我吃个蛋糕吗？"

"你今天生日？"蓝若竹没再急于向倪恒书求证，毕竟她心里也有了答案。

"若竹，你坐下来陪我吃个蛋糕吧，我不会对你做什么的，你看了日记也该知道，我对你有多么执着。好久没有人陪我一起过生日了，我只是觉得孤独，希望有个人能陪伴我而已。还好你今天来了，我觉得还是很开心的，谢谢你。"倪恒书像个孩子一样笑了起来，"如果不是你，我都不知道是不是可以过27岁的生日，我甚至苟且偷生了这么久……"

蓝若竹还是坐了下来，一字一句地对倪恒书说："我可以陪你过生日，但是过完生日后，你能不能去自首？"

倪恒书突然站起来，情绪显得有些激动，"你就不能安静地陪我过个生日吗？就这点要求都不能满足我吗？"

蓝若竹沉默了，没有再说话。

"其实，我最大的愿望就是……"倪恒书吹灭了蜡烛。

"别说出来，愿望说出来会不灵的。"蓝若竹打断了倪恒书。

倪恒书点了点头，说："你还记得我之前没有给你讲完的那个故事吗？后来你还总是问我之后到底发生了什么，我现在很想讲给你听，你一定要听我说完。后来那个男孩的妈妈把继父杀掉了……他当时听妈妈的话躲在衣柜里，但当男孩听到厮打的声音时，就从衣柜里跑了出来，他当时只是想要保护自己的妈妈，尽管害怕。"倪恒书的眼泪噼里啪啦地掉了下来，他有些失控，好像那些过去就像是电影一样一遍一遍地在他的脑海里回放。

蓝若竹递给倪恒书一张纸巾，拍了拍他的后背对他说："怎么……怎么会这样……我竟然一直不知道你的过去如此的压抑……那个小男孩是你吧？"蓝若竹有些吃惊，倪恒书的身上居然默默地背负了这么多，跟她眼中的倪恒书完全不一样。

"嗯，是我。后来我不顾一切地跑了出去，到门口的时候，却看到满地的鲜血，还有一地的玻璃碴子。妈妈拿了一把刀把继父给捅死了，继父反抗也把妈妈杀了。两个人一起倒在血泊中，这样的画面我这辈子都无法忘记，甚至现在依旧能梦到那满地的鲜血，倒在血泊中看着卧室方向的妈妈……"

"所以，你后来就自己一个人住吗？那个时候你不是还是未成年吗？"蓝若竹有些同情倪恒书的过往，她如果知道这些，或许会对他关心得更多一些吧。

"后来我就在小姨家住着了，但是他们一家三口对我非常嫌弃，不过我也能理解，毕竟白养一个孩子，搁谁谁都不舒服。等到 18 岁以后，我便搬出去住了，边打工边上学，直到我进入了浦升。我一直以为那是梦的开始，没想到也是梦的结束。"

　　说完这些话，倪恒书突然站了起来，走到书房，拿出了那本日记递给蓝若竹，"我知道你看到了这本日记，这是我特意留给你看的，我不想再对你有任何隐瞒了，其实我的心里一直很累，压力很大，日记上的那个女孩是你。如果不是你的出现，甚至不会有今天的自己。而你，是公司里唯一一个尊重过我的人，其实你也一直知道我是喜欢你的……不，这种感觉更多的像是感谢吧。感谢你是除了我的妈妈外唯一一个给过我安慰的人。不过这本日记我得烧掉了。"说着，倪恒书便拿出一个打火机，点燃了日记本，"无论你今后打算怎么对我，都无所谓，我不会做出任何伤害你的事情。"

　　"可是，你一直都知道潘总在我心里尤为重要，直到现在你才跟我坦白，你不知道我因为潘总每天都和张昊天吵架，我一度怀疑是他做的，却从来没想到这个人是你。居然会是你！"蓝若竹还是没有办法原谅，虽然她确实也很同情倪恒书的遭遇。

　　"对不起若竹，我知道这对你来讲是一种伤害，但是我会用我的一生去弥补，我希望你能够开心一点。"倪恒书低下了头，长长的睫毛遮住了他的眼帘，"我也很心疼张昊飞，因为他跟我甚至有着相似的经历。我们这种内心脆弱的人……或许就不配活在这个世界上。"

　　"我还想知道的是，为什么蔡轩死的前几天，你会和他同时返回公司？你还伪装成死去的潘总吓唬他，我一直都没想通你为何这样做……"

　　"其实这个也不难理解，我本来就对他恨之入骨，他仗着自己家里有钱有势，就随意欺负我。在我最缺钱的那些日子里，让我给他买饭、买咖啡，他从来不会给钱。我每次管他要，他就各种敷衍我。他一个堂堂的富二代，会缺这些钱吗？"

"他这样确实很过分，但是你又是怎么引他回到公司的呢？"

"我用别人的手机给他发了匿名短信，让他来公司见他的亲生母亲。他不是一直都对此耿耿于怀吗？"说着倪恒书蹲了下来，把左手放在了蓝若竹的脑袋上，轻轻地抚摸着她的头发，"若竹，现在我也帮你逃离了陈振伟，所以今后我们可以好好地生活了。之前我一直问你还喜欢张昊天吗？你说你不喜欢了……当时我还有些不相信，但是现在我相信了……其实你从很早之前就不喜欢了……"

"你可以去自首吗？"

"我为什么要去自首？我自首的话今后谁陪你呢？"

蓝若竹发现倪恒书已经丧失了理智，让他去自首已经不可能了，她只好趁着上厕所的空档报了警。

"若竹，你跟我走好吗？我们走得远远的，一切都重新开始。"一阵沉默后，倪恒书说。

"我……"蓝若竹还没有说完，警察就赶到了，把倪恒书按倒在了地上。此刻倪恒书的脸紧贴在地面，看着蓝若竹，眼里竟然有一丝丝解脱的快感。

他微笑着，对蓝若竹说："其实我想到了你会报警，我不后悔。但是为何你会觉得我会伤害你呢？"

"对不起。谢谢你。我很理解你的过往，但是我依旧不能原谅你。"蓝若竹努力保持冷静对倪恒书吐出了这几句话。

倪恒书继续微笑着，看着蓝若竹，希望蓝若竹能开心一些。

蓝若竹对于他来说就像是夜空中最闪亮的那颗星星，一直指引着在生活中迷茫的他。

"蓝小姐，是您报的案吧，麻烦您也跟我们去一趟公安局，我们需要做笔录。"

那些合照拿起来还是觉得
沉甸甸的，仿佛那些回忆还在
眼前。现在的她，要一张一张
烧掉。

第十二章　担忧

蓝若竹随着警察来到了公安局。她刚开始只是低着头什么都没说，但是内心也有着隐隐的难过与不安。她害怕，可自己已经没有退路了。

她必须要报警，无论倪恒书对自己如何的好。她不能逃避自己的内心，只能面对它，直视它。

"蓝小姐，我们又见面了，我听同事说，这次还是您报的案。"王冕看着蓝若竹，"您举报是倪恒书杀害了潘志，请问您有什么证据吗？"

"这是他写的日记，我刚刚在他家里看到的，但是原件已经被他烧毁了。"蓝若竹一边说一边拿着手机让王冕看她拍的倪恒书的日记，"至于我丈夫，他刚刚自己亲口承认的，但是我没有证据。"蓝若竹气馁道。

王冕安慰道："其实在您报案之前，我们河东那边的同事已经有了重大发现，他们找到了一段视频资料，初步判断倪恒书有重大作案嫌疑。这样，您先把照片发给我，然后您就回去休息吧，以后有什么问题再联系您，谢谢您的配合。"

蓝若竹走出公安局大门后，转头望向这栋楼，尽管一切事情都已真相大白，但内心依旧感到不安。

这几天她在家里整理和收拾东西，打算把曾经的东西都烧掉，当然也包含各种老照片，还有和浦升相关的文件，她不想再触景伤情了。既然已经无法回到过去了，那么就彻底忘记吧……

那些合照拿起来还是觉得沉甸甸的，仿佛那些回忆还在眼前。现在的她，要一张一张烧掉。

"我终究还是个重感情的人啊……可是为什么要一次又一次地飞蛾扑火呢？"蓝若竹自言自语道。在蓝若竹的心里，此时的自己或许真的可以重新开始了。但是她没有想到，这一路上居然失去了这么多的人。她也从来没想到过，杀死师父的居然是自己一直非常信任的倪恒书。

蓝若竹并没有回父母那里，而是回到了与陈振伟的家。她一直想着该如何告诉婆婆这一切。还没等她想好，婆婆的电话便打了过来："喂，警察那边有消息了吗？"

"对不起，我刚从警察局回来，还没来得及告诉您，他……他是被倪恒书杀害的，从山上被推了下去。现在倪恒书已经被警察抓获，他身上还有其他命案。"

"倪……倪恒书？这个人我怎么听着这么熟悉？"婆婆突然沉默了，好像想起了什么，此刻蓝若竹的鸡皮疙瘩都起来了，"我知道了，他是你的那个同事，对吗？我之前听我儿子说过他！"

"对……"蓝若竹不敢否认，因为她知道瞒不住的。

"这个倪恒书跟我儿子无冤无仇的,为什么要杀害他?这一切肯定和你有关系!蓝若竹,你逃不掉的!我不能让我儿子死得不明不白!"杨岚说完便"啪"的一下挂掉了电话。

　　蓝若竹拿着手机,久久没有放下,此刻的她不知道该如何应对了。

对不起，若竹，如果有来世我一定在你身边守护你，不离开你。只是这一次我必须要先离开了，否则我很害怕再看见你那双眼睛，我便很难选择转身。我的难过并不是因为我马上要离开这个世界了，而是我害怕再次睁开眼睛却看不见你。

第十三章　重生

～～～～～～

　　蓝若竹再次睁开眼睛，是在雪白的病房中。蓝若竹眼前到处都是白色的，一个护士正在为她换吊瓶。她感觉浑身都剧烈疼痛，自己一动都不敢动。她本来想要这几天就离开北都，一个人出去散散心，没想到居然会变成现在这样。

　　一道阳光从窗外照射了进来，洒在了蓝若竹的脸上。她看了一下时间，早上七点多。

　　很久很久，她都没有感觉到阳光的温和了。

　　"你醒了？"看见蓝若竹睁开了眼睛，护士有些惊讶，"你伤得很重，现在需要好好休息，我等下会通知警方你已经醒来了，他们这两天会来找你谈话。"

　　"好……我……我想喝水。"蓝若竹勉强对护士说出了这几个字。

　　蓝若竹望着窗外，很久没有把视线移开。她只感觉到异常的解脱，好像这个世界上的一切从今以后都与自己无关了，压抑的内心终于得到释放，今后自己可以睡一个安稳的觉了。

不一会儿，蓝若竹的爸妈来到了病房。

"若竹，你……你怎么会伤得这么严重？妈妈好心疼……"蓝若竹的妈妈紧紧握着蓝若竹的手，对她说，"到底发生了什么？为什么你会变成现在这样……"

蓝若竹勉强挤出一个微笑，对妈妈说："没事的妈，您别担心了，一切都会好起来的。"

下午，王冕来到了病房。

"您好，蓝小姐。没想到这次我们又在病房里见面了。对于您的遭遇，我们深表同情，但我们还是需要和您了解一下情况，您现在方便吗？"

"方便的，王警官。"蓝若竹躺在床上望向王冕，"您有问题就问吧，我还是能够支撑住的。"

"好的，那我们就尽快。杨岚女士从您家里的阳台掉了下去，接到报案后，我们赶到您家里发现您已经昏了过去，而身边的李雍菲女士已经死亡，所以当时究竟发生了什么？"

"什么？我婆婆从阳台上掉下去了？李雍菲死了？"

"您的心情我们理解，请您节哀，也请您配合我们工作。"王冕说。

"我的婆婆知道了杀害我丈夫的嫌疑人是我同事后便来家里找我兴师问罪。我们吵了起来，她拿着刀指向我，想要杀了我，无论我怎么解释，她都冷静不下来。"蓝若竹有些委屈地说，"我们争执中，有人敲门，为了寻求帮助，我便趁机把门打开了，打开后我发现是李雍菲，我婆婆以为李雍菲是我叫来的朋友便失控了，胡乱向我们刺来。在争斗中我也受了伤，有些神志不清，接着就晕了过去。后来发生的事情我真的不知道了，我更不知道我的婆婆居然从阳台上掉了下去……也许……也许是她无法承受这一切自己跳下去的吧。"蓝若竹紧接着哭了起来，情绪激动地说，"对不起……王警官，最近发生了太多事情了，我真的很难过……"

"能理解，您先平复一下情绪，由于您在案发现场，而且与死者有些个人恩怨，所以很抱歉目前我们不能排除您的嫌疑，这期间我们会派同事在您的病房门口，请谅解！"

"好的，我明白。"蓝若竹望着窗边的鸟儿，过了一会儿便飞向了天空，仿佛内心也在为经历过的一切哀悼着。

两个月后，蓝若竹的身体恢复得差不多了，警方那边也查清了事实，与蓝若竹陈述的没有任何出入，所以蓝若竹便决定回家休养。

回到了家里，蓝若竹的妈妈对她很是关心，每天给她煲鸡汤、按时换药。而父亲也不再如往日那般冷漠，也许是因为年纪大了心软了，也许因为经历了这么多想开了，总之父亲变了很多，开始关心她了，而蓝若竹也体会到了真正的父爱。

但她感觉愧对自己的父母，毕竟自己这么大了还让他们如此提心吊胆。而经历了这么多，自己也不如从前那般乐观，有时候自己的心情甚至会影响到他们。所以她决定离开北都，也许一两个月就回来，也许永远不会回来了……

"如果……我说的是如果，我离开你们的身边，你们可以照顾好自己吗？"蓝若竹看着此刻把饭菜放在自己面前的妈妈，试探性地问。

"傻孩子，你怎么会离开我们呢？你这刚大病初愈净说胡话。"妈妈觉得蓝若竹的问题有些好笑，笑着安慰她。

蓝若竹的眼眶湿润了，尽管有万般不舍，但她还是要离开这里，想要一个人重新开始。毕竟在北都的牵绊实在是太多了，一桩桩一件件，每一件事情都不是蓝若竹想要的，却都发生了。

"其实是浦升返聘我回去了，不过这次是让我去其他城市的分部，至于什么时候调回来就不确定了，大概三天后就报到。"

"什么？你这刚身体恢复好，公司就让你去上班了？你得再恢复一段时间才行呀，你们领导电话多少？我打给他，让他再给你起码一个月的假。"妈妈有些惊讶，虽然也替蓝若竹开心，但是还是有些担忧她的身体会吃不消。

蓝若竹勉强挤出了一个微笑，对妈妈说："没事的妈，我可以的，他们那边也是着急，否则我也不想这么快就离开……不过，你们一定要照顾好自己，尤其是我不在身边的这些日子。"

蓝若竹的机票就在大后天，在离开北都之前，她打算回到大学看看。

她来到了学校，一个人坐在操场的板凳上，闭上眼睛，回顾着曾经那四目相对的场景。

张昊天刚刚从教学楼里走出来，跟他的朋友勾肩搭背地拿着篮球。蓝若竹静静地拿着一本书，就坐在这个位置上。微风吹过了她的脸颊，她觉得有些遮挡视线，便拿手把头发拨开，而后便看到了张昊天。

她知道张昊天，他是学校的校草，那个少女心中都喜欢的男生。蓝若竹就这样望着他，多希望他此刻能转过身来看一眼自己。张昊天和朋友们一起在篮球场打篮球，而蓝若竹便在远处远远地望着他。看见他肆意挥洒的汗水，那自信而闪耀的目光，便是她一直所期待的另一个自己。他是多么的有活力，让人挪不开目光。

蓝若竹不知道自己看了多久，直到上课铃声响起。她赶紧站起来，打算拿着东西赶紧离开。就在这时，有个篮球直接滚到了她身边。

"等一下同学，可以帮我把篮球扔过来吗？"张昊天在远处对蓝若竹大声说。蓝若竹只感到心脏"扑通扑通"地跳着，一抬头，便与张昊天四目相对了，"呃，不好意思，我愣神了，这就帮你们捡起来。"

张昊天走到蓝若竹面前，对她很客气地说："没事了，我来捡吧。"

蓝若竹觉得自己永远不会忘记和张昊天对视的那一幕，就好像隔了几亿光年，她才回过神来。

"同学？同学？"张昊天看着愣在原地的蓝若竹，有些不解。

"哦……不好意思，我现在要去上课了。"此刻的蓝若竹只是觉得大脑一片空白。

"等等。"

"怎么了？"蓝若竹有些害羞地回过头。

"你叫什么名字？"张昊天好奇地问，因为他第一次看到一个女生能对着自己发这么久的呆，他觉得这挺可爱的。

"我……我叫蓝若竹。我是你隔壁班的，我们都是金融系的。"蓝若竹的回答有些磕巴，可能因为自己太过紧张了。

蓝若竹睁开了眼睛，此刻的天空蓝蓝的，她深深吸了口气。她怀念着过去，而他们中间又发生了那么多的事情，她伤心过、绝望过、痛苦过、崩溃过，最后一切还是回到原点，然后消失殆尽。

蓝若竹站起来，转身离开了大学，她这次走得很快很快，没有想要再回头。

　　回到家里，蓝若竹洗了个热水澡。刚从浴室里出来，就看见自己的手机一直在响，原来是王冕给自己打的电话。

　　蓝若竹很疑惑，"喂，您好王警官，请问有什么事情吗？"

　　电话那端传来了王冕疲惫的声音："蓝小姐，不好意思这么晚打扰你。我们这边刚下来了倪恒书的判决书，最后的判决结果是死刑。我们问他是否要上诉，他说不需要，但是他唯一的要求就是想要再见你一面，如果你方便的话明天来监狱一趟，见他最后一面吧，我在监狱门口等你，我会带你去见他。"

　　"倪恒书被判死刑了。"

　　蓝若竹的脑海里久久回荡着这句话。这个结果她其实预想到了，但没想到会这么快。此刻她的心里五味杂陈，非常不是滋味。虽然他错得很离谱，但他对自己应该是真心的。有些人的存在真的是危险又迷人，恐惧又必须接受。如果说张昊天是自己最初的期待，那么倪恒书对于自己来说就是恐惧与救赎。

　　其实，她很害怕再见到倪恒书，因为她不知道自己该如何面对。但是这应该是最后一面了，应该见一下，一切也应该有个了结。

　　第二天一早，蓝若竹如约来到了监狱门口。她看到王冕已经在监狱门口等着自己了，"我替他谢谢你。"

　　"其实我纠结了很久，毕竟曾经同事一场，他既然要见我，我就该来的。"

　　"是吗？可是他杀了很多人啊，潘志也是他杀的。我一直很好奇你们的关系到底是怎样的？"王冕试探性地问着。

　　蓝若竹没有接王冕的话茬，只是说了一句，"咱们进去吧，别让他等得太久。"

再次见到倪恒书，蓝若竹好像有点认不出来了。虽然倪恒书的长相并不算是帅气和英俊，但是好歹也是眉清目秀，但此刻的他整个人憔悴了不少，眼窝深陷了下去，只是过了几个月，却老了十几岁。

倪恒书的双手和双脚戴着手铐和脚链，走路的样子很沉重。他坐到了玻璃的对面，直视着蓝若竹，依然露出了白色的牙齿和温暖的微笑。他仿佛还是曾经的那个温暖的倪恒书，依然守护在蓝若竹身边。

蓝若竹的眼眶有些湿润。这次她深深切切地感受到了，那种被守护的力量。

他们同时拿起了电话，隔着玻璃默默地望着对方，谁都想要对方先开口，因为不知道第一句究竟该说些什么。

"恒书，你还好吗？"蓝若竹还是先开口了。不知道辗转难眠了多少个夜晚，她对倪恒书的记恨依旧不能免去，但是此刻坐在这里的她，好像一切都释怀了，"你为什么不上诉？其实可以争取一下的。"

"我挺好的。我的判决书下来了，这是对我最公正的判决，我也对这个世界没有很深的眷恋了。但是在我死之前，我想要见到你，见到你我就安心了，我觉得我活在这个世界上还是值得的。"

"对不起……"蓝若竹挤出了这三个字，其实她是想对倪恒书说"谢谢你"，希望倪恒书并不记恨自己报警。

"你跟我道什么歉啊，若竹，我从来不怪你，毕竟所有事情的起因都在我，潘志的事情我也一直对你很愧疚，但我没有别的方式可以偿还你了，只愿来世可以做一个幸福温暖的人，然后和你早点遇见。"倪恒书说完这些话，把手放在了玻璃上。其实他此刻多么想要摸一摸蓝若竹的脸。

"如果还有来世，我也愿意再来一次，一定不这样选择。"蓝若竹点了点头，努力冲倪恒书微笑着，她不想让倪恒书看见自己的悲伤与脆弱。

"若竹，你要坚强。无论何时何地，就算是只有自己一个人，你也要坚强地活下去，只为了自己而活，而不是为任何人。"

"我会的。其实我很后悔这些年一直没有想明白这一点，谢谢你提醒我。"

"哎，如果人生只如初见，我真的好想回到最开始的那个时候。可惜，一切不能重来，但是你可以。你还记得曾经借你伞的那个男孩吗？在公司的时候我们第一次见面你就问我我们是否见过，当时我否认了，现在我想告诉你，我就是那个男孩，希望你还记得！我在那里给你留了封信，希望你看到。"倪恒书说完这些话便站起来，离开了谈话室。这一次的离开他是非常决绝的，没有再回头看一眼蓝若竹。

蓝若竹没想到他就是当初那个塞给自己雨伞的男孩，震惊之余很感动！看着倪恒书的背影，她仿佛回到了每次他们分开的时刻，倪恒书总是站在原地先让蓝若竹离开，等到再也看不到蓝若竹的身影了，他才会转头离去。每次当蓝若竹回头的时候，总能看到倪恒书默默关注她的双眼。

没想到这次换成蓝若竹看着倪恒书离去的背影，险些有些崩溃，她感觉自己有些站不稳，不知道是不是自己突然无法接受这个现实，她突然开始拍打玻璃，想要倪恒书回头。

"恒书，恒书。我……"蓝若竹叫喊着，眼泪流了下来。

可是倪恒书却头也不回地离开了……他好像很开心，很放松，原来解脱的感觉是这么美好。

　　"对不起，若竹，如果有来世我一定在你身边守护你，不离开你。只是这一次我必须要先离开了，否则我很害怕再看见你那双眼睛，我便很难选择转身。我的难过并不是因为我马上要离开这个世界了，而是我害怕再次睁开眼睛却看不见你。"倪恒书擦拭着眼角的泪水，他很努力想克制住，但是他回不到最开始的时候了。"不过也好，只要你曾经为我有那么一丝丝难过，这就够了。"

　　走出监狱大门，蓝若竹有些失魂落魄。她的手一直在颤抖着，多么希望一切都没有发生，但是这一切却切切实实地发生了，而且再也无法回到原点了。

　　她愣神了很久，回忆着自己曾经和倪恒书相处的点点滴滴。

　　冥冥之中，还是命中注定？她无法做出解释。

　　可是她怎么也没有想到，那个给过自己温暖的男孩居然是他。

　　那天是一个下大雨的傍晚。蓝若竹因为想喝点汽水，所以就跑到了公司附近的小卖部，此刻的蓝若竹也还是个实习生。

　　她刚到小卖部就下起雨，蓝若竹出门没有看天气预报，也没有带雨伞。她连忙问小卖部的阿姨有没有伞卖，小卖部的阿姨摇摇头，对蓝若竹说："不好意思啊姑娘，我们这里没有，北都常年不下雨。我们进了雨伞也卖不出啊。"

　　蓝若竹看着灰蒙蒙的天空，还有瓢泼的大雨，觉得这个雨一时半会儿停不了，于是便拨了张昊天的电话，没响几声电话便被张昊天挂掉了。蓝若竹很诧异，又把电话打了过去，过了大概半分钟张昊天终于接听了，他带着疲惫的声音问："喂，你什么事情？我这边在忙。"

"对不起，昊天，我忘记带雨伞了，你能来接我吗？"蓝若竹小心翼翼地问。

"忘记带雨伞了？我也没带啊，我怎么知道今天会下雨，平时都是你提醒我的。我现在还在公司加班呢，走不开，你自己想办法吧，没事我就挂了。"不容蓝若竹分说，张昊天便把电话挂掉了，只留下"滴滴滴"的回应……

蓝若竹其实想到了这个结果，可还是怀有着一丝丝的希望。没有办法，她只能站在小卖部干等着，等着雨停了自己才能离去。

大概也就过了不到五分钟，一个打着雨伞的又瘦又高、穿着白色衬衫、戴着金丝框眼镜的男生走进了小卖部，雨水依然很大，打湿了他的衬衫。

男孩看了一眼蓝若竹，很好奇地问她："你为什么站在这里不走呢？因为没有带雨伞吗？"

"呃……是的。"蓝若竹点了点头。

"那我的雨伞给你吧，你可以先回去。"男孩打算把雨伞给蓝若竹。

"这多不好意思，不用的，你肯定也有要做的事情，不必麻烦了。"蓝若竹有些感动，却还是摇摇头，不想要去麻烦别人。

"你拿着吧！"不容蓝若竹分说，男孩便把自己的雨伞硬塞给了蓝若竹，自己转身离开了小卖部，慢慢消失在了蓝若竹的视线里。

蓝若竹到浦升旁边的小卖部后，直接向小卖部的大妈问："阿姨，请问有没有一个男孩留了一封信？"

"男孩？是不是经常穿白衬衫的那个？有的有的，他经常来我这里买东西，每次都坐在台阶上很久才离去，偶尔还会陪我聊聊天，他留给我一封信，说是如果一个女孩来寻找就把这封信给她。我问他为什么不自己给，他说自己要离开北都很久，可能不会再回来了，虽然我也不知道他要去哪里，但是我一直觉得这个小伙子还是挺不错的。"说完这些话，大妈便从柜子里找到一封信递给了蓝若竹，"就是这封信，他大概三个月前给我的，我现在还保存着，害怕有人来找我给弄丢了，现在给你了。"

蓝若竹赶紧接过了这封信，她很想打开看看倪恒书最后留给她的话究竟是什么。可当她小心翼翼地拆开时，她的心脏好像要从身体里跳出来似的，十分忐忑不安。

看完信以后，她的眼泪噼里啪啦地掉了下来。

她觉得自己就像是一个傻瓜，都被倪恒书看在眼里，不仅如此，他还做了这么多自己完全不知道的事情。

此刻的蓝若竹并不觉得感动，只是觉得自己是个彻头彻尾的傻瓜。

她坐在地上失声痛哭，她很久很久没有这样哭过了。她感觉自己仿佛什么都没有得到过，但一直都在失去……

不知过了多久，蓝若竹终于收拾好自己的情绪。她打算把这封信烧掉，随着自己的离开一并消失。无论如何，她不能辜负倪恒书默默为自己做的这一切，她现在唯一的念头就是能够"重生"。

第二天一早，她便拎着行李和爸妈道别了。

临走前，妈妈的眼眶非常湿润，她明白为什么女儿会选择离开北都，她也完全能理解蓝若竹的心情，好像没有什么可以让她继续留在北都了。接着她拿出了自己珍藏很久的护身符递给了蓝若竹，对她说："孩子，虽然我和你爸不知道你多久会回来，但是这个护身符能够陪伴着你。"

"孩子，对不起。以前是爸爸对你的要求太高了，凡事都想让你拿第一，去最好的学校，找到最好的工作，成为人上人……却一直忽略了你的感受，我们根本没有问过你究竟想要什么。其实你可以不用去什么大公司上班，也不用当什么总经理，爸妈现在想明白了，那些根本不重要。只要你快乐、平安，就是最好的。"说完这些话，爸爸第一次把蓝若竹拥入了怀里。

蓝若竹的心当然不是石头做的，可是她那么要强，从小父母就是如此要求自己，又怎由得自己身上有任何的"劣迹"呢？可是一切的烙印还印在蓝若竹的心里，永远挥之不去。有些伤痛或许不是几天造成的，而是几年的时间，就像是"水滴石穿"一样。

其实我们从一开始就是一张洁白的纸，只是取决于遇到了怎样的人，他们在这张纸上如何地刻画着。先是从父母开始，然后就是同学、朋友，最后是爱人……

她还是选择忍痛转身离开了。无可奈何，也无济于事。如果真的有下辈子，她希望自己从未进入过浦升公司，也从未遇到过张昊天，期待着父母对自己的要求并不高，而倪恒书的童年也不那样的困苦，父母也能够一直陪伴着他成长。

可一切没有如果，错了就是错了，不是吗？

她在倪恒书转身的那刻终
于明白，所有的爱恨纠缠已经
不重要了，最重要的事情就是
自己一定要遗忘这一切，淡化
所有的伤痛，熄灭心中的怒火，
洗净年月泼的墨水。

第十四章　结局

～～～～～～～

蓝若竹拎着行李，随手打了一辆出租车。上了出租车，从车窗望向父母那边，妈妈趴在爸爸的怀里一直哭泣着，而蓝若竹和他们摇了摇手，只说了一句："爸妈，记得保重身体。"

随着车子的启动，后视镜中父母的身影越来越小，越来越远了。

一个电话打乱了蓝若竹的思绪。她一看是王冕的电话。蓝若竹很快接听了，"喂，王警官，您有什么事儿吗？"

"张昊天醒了，你要来见他吗？"

"太……太好了……"蓝若竹的心里居然有丝丝感动，他终于苏醒了。

说真的，经历了这么多，蓝若竹已经放下了。她在倪恒书转身的那刻终于明白，所有的爱恨纠缠已经不重要了，最重要的事情就是自己一定要遗忘这一切，淡化所有的伤痛，熄灭心中的怒火，洗净年月所泼的墨水。

"是的，他终于醒过来了。你愿意来看他吗？他现在想要见你。"

"我……"蓝若竹思考了片刻，立马对出租车司机说，"师傅，咱们去地坛医院吧。"

来到了 113 号病房，蓝若竹看见王冕守在门口。王冕点了点头，示意让她进去。

她看着正在熟睡的张昊天，心里五味杂陈。曾经的她甚至可以这样盯着他一整天，看着他的侧脸就感觉安心了不少，可如今，她再也不会对他有任何眷恋了。

"你来了？"十分钟后，张昊天醒了过来，看着眼前的蓝若竹说，"我也不知道自己昏迷了多久，仿佛一切就在昨天。我在梦里一直看到的女孩是你。或许过去几年我从未好好珍惜过你，现在想要再珍惜却没有机会了。"

"对不起昊天，我不知道我告诉你弟弟的事情，会让你变成现在这样，早知道我就……"蓝若竹自责道。

"没有关系了，这一切都是我自己的选择，我应该承担后果。谢谢你来看我，我已经很满足了。如果不是你陪伴我的那几年，或许我还是很幼稚的毛头小子……"张昊天突然释怀地笑了，或许是这些经历让他成熟了，可一切为时已晚。

见蓝若竹沉默了，张昊天继续说："等我的伤好了，就要去服刑了。我已经失去了很多东西，我犯了错误，应该为我的过错负责任。若竹，你是我见过最好、最纯真的女孩，希望你能一直维持下去。然后找个好男人嫁了吧，这次一定要看准了。"

"我本来是想要离开北都的，但是看见现在的你，我觉得我不该继续逃避了。"本来蓝若竹打算转身离开，张昊天突然用虚弱的声音叫住了她，"若竹，其实，你早就不爱我了，对不对？"

蓝若竹笑了笑没说话，接着和张昊天挥了挥手，离开了病房。

　　看见站在门口的王冕，蓝若竹主动伸出了手对他致谢："谢谢你，终于把所有的真相都调查清楚了。"

　　"不用客气，这是我们警察应该做的。"

　　外面的天空蓝蓝的，云彩终于消散了，就像是天空中的麻雀飞久了总要落在枝头休息。我们的青春不过那样短暂，却还以为一切是永恒的。蓝若竹对于张昊天的期盼与热爱，其实无非就是那天空中的云，时间到了总要消散的。

番外

致蓝若竹的一封信：

若竹，我知道你会看这封信的，我也知道自己做了不可原谅的事情。但无论如何，都请你原谅我，因为我曾经遭受到的伤害，被隐藏的伤口也一直在我的心里，我依旧难以释怀。直到遇见你，我才发现这个世间到底有多么美好，是你又给了我活下去的希望，虽然现在的我马上就要离去了，但是我依旧会守护着你，没事的时候你可以抬头望望天空，没准就能看到夜空中最闪亮的那颗星。

我知道其实你对我一直不信任，这也不怪你，你的防备心也不是与生俱来的，而是被伤害出来的。我们的样子终究是别人决定的，不是吗？

你一定很好奇，我的犯罪笔记被撕掉的那几页到底写的是什么，我现在告诉你，写的是关于蔡轩和王昕的死。他们的死因都与精神失常有关系。

他们精神失常是因为我定期在他们的咖啡里下药，虽然每次不多，他们不会发觉，但是好几个月后导致他们精神紊乱、神志不清。在王昕自杀的前一天，我用小号加了她的微信，导致她最后做出了自杀的举动。我伪造了张昊天出轨李雍菲的短信聊天记录，只为了让她相信张昊天已经背叛了她。没错，这一切都是我做的。

刚开始我的目标只是王昕和张昊天，毕竟他们一直在伤害你。但是我没想到后来另一杯咖啡居然会被蔡轩喝掉。虽然我的心里一直也很讨厌蔡轩，但是他并没有伤害到你。我厌恶他们，是因为你明明那么信任他们，可他们却同时背叛了你。我知道这种滋味，虽然你嘴上什么都不说，但是我能理解你的心痛。所以我替你做了决定，请你不要怪我。我也知道你从来都不需要我，但是在我的眼里，你就是我的世界中心。如果你不开心，那么我的世界也是灰暗的。

其实我觉得我们有着一样的仇恨，一样的难过，一样的绝望。我是不被任何人尊重，而你是被欺骗隐瞒了太久，身心都已经受到了伤害，我同情你也可怜我自己。所以我决定替你做这一切，帮你惩罚所有伤害你的人。

若竹，我知道你会好好照顾自己，好好生活的，只要没有那些伤害你的人，你一定会做一个勇敢而自信的女孩。

一直会守护你的恒书

被隐藏的伤口